ENQUÊTES & SUSPENSE

Aux Éditions Alain Bargain

Dans la collection

® ENQUÊTES ET S…

Jean-Michel Arnaud
- Cavale à Brest
- Blues en Rafale à …
- Le bagad bom…
- Loto létal dan…
- Fresque de san…
- Lettres mortes à …
- Lame scélérate à …
- À bout de souffle à …
- Brest, scène de crim…
- Allers simples pour C…
- Peur bleue à Portsall
- Intox à Carhaix
- Marché noir à Brest
- Prophétie à Saint-Renan

Rémi Devallière
- L'esprit d'Hoëdic
- Calculs sévères à Saint-Nazaire
- Sacré bidule à Pornichet
- "Pari" au mois d'août
- Piriac et son caillou mystérieux
- Vol 744 pour Le Pouliguen
- Pornic, Poste restante
- Nantes, le passager du Jules Verne
- Contre-courants au Croisic
- Quiproquo en Brière

Jean-Louis Kerguillec
- Carantec à corps perdu
- Enlèvement en Baie de Morlaix
- Mauvaise passe sur l'île Callot
- Les Amours Noires du Léon
- Le disparu du Taureau
- Frai*zh* Connection
- Le Crapaud de l'île de Batz
- Saint-Pol, cathédrale infernale
- Pêche d'enfer à Cléder
- Le rôdeur des grèves
- Cruelle rencontre à Carantec

Gérard Croguennec
- Voile épais au Conquet *(épuisé)*
- Brest, Abri 668
- Morlaix en eaux profondes
- La martyre du Conquet *(épuisé)*
- Le silencieux du Conquet
- Effet papillon sur le Brest-Lyon
- Pleins phares sur Ouessant

…ville *(épuisé)*

…d *(épuisé)*

…est

…neau

…Roscoff *(épuisé)*

…us à Lannilis

…enfer de Plogoff

- Alerte rouge à Brest *(épuisé)*
- Bad Trip à Lorient
- Le Cobra de Brest
- Le Mouton noir de Roscoff
- Sang pour sang à Recouvrance
- Amnésie sur Quimper
- Chat noir à Brest
- Bain acide à Douarnenez
- Noces de feu à Plouzané
- Pot aux roses au Cap Coz
- Enquête corsée à Crozon
- L'Ombre de Lanildut

Simone Ansquer
- Téviec, le Secret *(épuisé)*
- Aux tours de La Rochelle
- Grain de sable à Saint-Pierre-Quiberon
- Le mystère de la Cathédrale de Vannes *(épuisé)*
- Carnac, les menhirs disparus
- Bons baisers de l'île de Houat
- Nuit d'Enfer à Quiberon
- Belle-Île ne répond pas
- La captive de la ria d'Étel
- Dérive sur la Presqu'île
- Bruits de Vannes
- Les frères de l'île aux Moines
- Lorient sur le Fil

Jacques Minier
- Traque mafieuse à Saint-Malo
- Double peine à Rennes
- Saint-Brieuc de mille feux
- Celtitude en Argoat
- Erquy on the rocks
- Noir dessein à Rostrenen

Aux Éditions Alain Bargain

Dans la collection

ENQUÊTES ET SUSPENSE :

Michel Courat
- Ça meurt sec à Locquirec
- Marée rouge à Plestin-Les-Grèves
- Coup de grisou à Pleumeur-Bodou
- Mort en vrac à Morlaix
- Sauvage farandole à Paimpol
- Mise à mort en Bretagne nord *(épuisé)*
- Masques de Terreur à Lanmeur
- Été meurtrier à Tréguier
- Le raisin coule à Lesneven
- Le Diable s'invite à Locquirec
- Morts à gogo à Plouguerneau
- Morlaix, TERminus !
- Les dessous de Plougasnou
- Granite écarlate
- Dernier tango à Plouescat
- Semaine noire en Pays léonard
- Vent de panique à Lannion
- L'Ange maudit de St-Michel-en-Grève
- Week-end de folie à Bégard
- Les secrets de Camaret
- Double jeu à Étables-sur-Mer
- L'étrange femme nue de Beg-Meil

Michèle Corfdir
- Le Crabe
  Mortel Hiver sur le Trieux *(épuisé)*
- Chasse à corps à Bréhat
- Larmes de fond *(épuisé)*
- Vent contraire à Loguivy-de-la-Mer
- Herbes amères à Belle-Isle-en-Terre *(épuisé)*
- Il court, il court, le furet des Abers *(épuisé)*
- Fest-Noz sur le Nil *(épuisé)*
- Eau dormante en Trégor *(épuisé)*
- Nuits assassines à Paimpol
- Crime à l'Armoricaine
- Vendredi noir sur l'Arcouest *(épuisé)*
- Sueurs froides sur le Goëlo
- Baignade clandestine à Bonaparte
- La route s'arrête à Loguivy-de-la-Mer
- Brest, bombes sur les murs
- Vent de terreur sur Bréhat
- Paimpol, portée disparue
- Fatal requiem à Tréguier

Vincent Cabioch
- 5 Diables Verts à Huelgoat
- Un autre voyage à Nantes

Serge Le Gall
- La secte de l'Aven *(épuisé)*
- Sables mouvants à Bénodet *(épuisé)*
- La Douarneniste
  et le Commissaire *(épuisé)*
- Corps-mort à l'Île-de-Batz *(épuisé)*
- Traque noire à Audierne *(épuisé)*
- Fugue mortelle en RÉ *(épuisé)*
- Le moine rouge de Carantec *(épuisé)*
- La Sirène de Port Haliguen *(épuisé)*
- Coup fourré dans les Monts d'Arrée
- Vagues à lames à Noirmoutier *(épuisé)*
- Dépression sur les Glénan
- Belle-Île "Amère" *(épuisé)*
- Calvaire à Plougastel-Daoulas *(épuisé)*
- Course-poursuite sur l'Aven *(épuisé)*
- Cible ultime dans les Montagnes Noires
- Rouge baiser de Crozon *(épuisé)*
- Sac de nœuds à Trévignon
- Retour coupable à Pont-l'Abbé *(épuisé)*
- Quiberon Enrage *(épuisé)*
- Secrets salés à Fouesnant
- Fausses notes à Larmor-Plage
- Jeux de drames à Douarnenez
- Nature morte à Pont-Aven
- Châtiment à Port-Launay
- La belle endormie de Port-Manech
- Matin blême à Rosporden
- Coup de balai à Carnac
- Mortes-eaux à Riantec
- Héritage de sang à Concarneau
- Vengeance d'automne à Quimper
- Bain tragique au Pouldu
- Retour de bâton à Plogoff
- Le malin de Trégunc
- Le Loup gris de Scaër
- Trésor maudit à Piriac
- Romance noire à Lesconil

Élisabeth Mignon
- Fontaines mortelles à Quimper
- Jardins funèbres en Cornouaille
- Déferlantes au Guilvinec
- Cadavres exquis à Châteaulin
- Ultime refuge à La Forêt-Fouesnant
- Silences sur la Baie
- Cauchemars à Plozévet
- Faux-Semblants à Moëlan-sur-Mer

Aux Éditions Alain Bargain

Dans la collection
ENQUÊTES ET SUSPENSE :

Bernard Larhant
- Quimper sur le gril
- Douarnenez, piège à Mouettes
- Les Galets de Tréguennec
- Les bas-fonds de Quimper
- Pas de pardon à Locronan
- Un pavé dans La Loire
- Psychose sur Bénodet
- Sang d'encre au Mans
- La Torche entre deux eaux
- Du Pastis dans l'Odet
- Les Ombres du Rennes-Quimper
- La Madone du Faouët
- Effet domino à Concarneau
- Le Môme de Fouesnant
- Hors la loi à Groix
- Omerta Bigoudène
- Alliance explosive à Audierne
- Jeux pervers à Quimper
- Chasse à l'homme au Ménez-Hom
- Dans les frissons de Nantes, *tome 1*
- Manhattan-Tréboul
- Diabolo Nantes, *tome 2*
- Tragédie à l'Île-Tudy
- Loire c'est noir, *tome 3*
- Stress de Brest à Trévarez
- Mort sur Erdre, *tome 4*
- Ricochets sur l'Odet
- Coups de Maîtres à Nantes, *tome 5*
- Quimper, rive gauche, rive droite

Angéline Valois
- Plovan, terre de sang

Christophe Chaplais
- Pâté de Corbeau aux amandes amères *(épuisé)*
- Le calisson jusqu'à la lie
- Farz aux herbes de Portsall
- Addition salée au Croisic
- Salade russe aux noix de Grenoble *(épuisé)*
- Fourchette mortelle à Chinon *(épuisé)*
- Soupe de Crabes à Brest
- La face cachée des Étoiles *(épuisé)*
- Mélodie gourmande à Guérande
- Le trésor de la côte des Légendes
- Bouillon de minuit au Conquet
- Brochettes de pigeons à Quiberon

Bernard Enjolras
- Îlot mortel à Trégastel
- 3 petits singes en Côtes-d'Armor
- Mauvais sorts dans Le Trégor
- Micmac à Ploumanac'h
- Sale temps sur Penvénan
- Jeu d'échecs à Perros-Guirec
- Guêpier à Tréguier
- Jackpot dans le Léon
- Requiem à Paimpol
- Escale à Cancale
- L'inconnue de Saint-Thégonnec
- Code assassin à Trébeurden
- Les merlettes de Granit rose
- Liens de sang à Guingamp
- Treize gastel
- Remous à Pleumeur-Bodou

Pierre Engélibert
- L'Ours du Finistère
- Drôle d'oiseau à Brest
- Lavandières rouges à Daoulas
- Complot en Cap-Sizun
- Troubles au cap de la Chèvre

Stéphane Jaffrézic
- Chili-Concarneau
- Ville bleue et beaux dégâts
- Disparitions en Pays Fouesnantais
- Tri Yann Tro Breizh
- Vengeances croisées à Nantes
- Escale forcée à Brest
- Dolmens sanglants en Bigoudénie
- Escapade à Landerneau
- Le mauvais fils de Guidel
- Murder party à Quimper
- Rendez-vous raté à Quimperlé
- La Korrigane de Concarneau
- Coup de chaud à Bénodet
- Trafic en Finistère
- Sirènes au Guilvinec
- Été torride à Névez
- Vendetta à Auray

Prophétie à Saint Renan

Aux Éditions Alain Bargain

Dans la collection
ENQUÊTES ET SUSPENSE :

Jean-Jacques Égron
- Marais mouvant dans le Golfe
- Tracto Breizh
- Embruns toxiques sur Lorient
- Les Privés du Croisic
- Vannes à l'encre rouge
- Les oubliettes de la Presqu'île
- Engrenages sur la Côte Sauvage
- Gros plan sur La Gacilly
- Plein les fouilles à Gavrinis
- Maléfices à Brocéliande

Séverine Le Corre-Mongin
- Drame en Morbihan
- Dernière note à Pontivy

Bernard Kopka
- Secret de tombe à Paimpol

Solenn Colléter
- Lettres de sang sur la Côte Sauvage

Jean-Pierre Farines
- Brume sur la Presqu'île
- La route de Rocamadour *(épuisé)*
- Le Phénix est mort à Camaret
- Cercueil vide en Mer d'Iroise

Aux Éditions Alain Bargain

Dans la collection ***POL'ART :***

Serge Le Gall
- Sombre dessein à Pont-Aven
- Meurtres du côté de chez Proust *(épuisé)*
- Eaux-fortes à Ste-Marine *(épuisé)*
- Ciel rouge au Pouldu *(épuisé)*

Stéphane Jaffrézic
- Toiles de fond à Concarneau
- Le Rubis de Châteauneuf-du-Faou

Jean-Michel ARNAUD

Prophétie à Saint Renan

Collection

ENQUÊTES & SUSPENSE

Quadri Signe - Editions Alain Bargain
125, Vieille Route de Rosporden - 29000 Quimper
E-mail : contact@editionsalainbargain.fr
Site Internet : www.editionsalainbargain.fr
Facebook : https://www.facebook.com/editionsalainbargain

Retrouvez la série de Chantelle sur :
https://chantelle-enqueteuse.pagesperso-orange.fr/

REMERCIEMENTS

La relecture d'une œuvre est un art difficile, mais essentiel. J'ai la chance d'avoir une équipe de relecteurs efficaces et rapides, à laquelle s'ajoutent à l'occasion un ou plusieurs membres spécialistes du lieu ou du sujet traité.

Pour ce roman, je remercie donc mes habituels travailleurs de force que j'ai su, cette fois, ménager en leur laissant du temps pour accomplir leur pénible labeur. Ce trio gagnant est composé de ma femme Élyse, chasseuse chevronnée de mes fautes d'orthographe, mes erreurs d'accord ou mes incohérences de temps. Elle réussit également à me faire redresser le style quand il s'essouffle ou s'alourdit. Vient ensuite Guillaume, mon relecteur le plus ancien (et le plus jeune en âge), qui a choisi de se raser la tête plutôt que de s'arracher les cheveux en voyant les aberrations procédurales dont j'émaille mes récits. Par ses remarques pertinentes, il parvient malgré tout à ramener mes personnages dans le rang (d'où ils ressortent dès qu'il a le dos tourné). Et enfin Matthieu, nommé grand expert en chicaneries, capable de détecter la moindre incohérence même bien cachée au fin fond de mes textes.

Et pour se promener dans Saint-Renan, quoi de mieux qu'un Renanais pour vous guider ? Paul Antoine, collègue de travail et fidèle lecteur, s'est efficacement prêté au jeu de la relecture, entre autres pour remettre les plaques de rue de sa ville au bon endroit...

À tous les quatre, tous mes remerciements pour votre implication.

PROLOGUE

Mardi 31 mai 2022, milieu de matinée
Maner ar Treoualen, Saint-Renan

La citadine s'engage dans la longue allée boisée tandis que le lourd portail métallique se referme automatiquement derrière elle. Vitesse réduite ! La conductrice ne s'inquiète pourtant pas pour ses pneus ou sa suspension, même si son petit véhicule n'appartient pas à la catégorie des tout-terrain. Elle connaît l'endroit et sait que ses bas de caisse n'ont ici rien à craindre. Bien que le propriétaire des lieux n'emprunte ce passage qu'à de rares occasions, il impose à son personnel d'y traquer régulièrement ornières et nids-de-poule pour les colmater sans tarder.

Au sein de ce haut couloir végétal, le soleil de la fin mai s'amuse à pointiller ses rayons à travers les branches et le feuillage des arbres qui l'entourent tout au long des quatre cents mètres de la voie. L'effet stroboscopique rebondit en étincelles irisées sur le gris métal des yeux de la *sorcerez*. Une flaque de lumière s'étale au bout du tunnel, marquant l'ouverture sur le parterre du manoir. Chantelle gare sa voiture dans l'ancienne grange transformée en aire de stationnement pour les visiteurs. D'ici, une allée dallée et couverte permet de rejoindre au sec l'entrée du bâtiment par temps de pluie. Mais en Bretagne, comme dans tout le pays, les ondées se sont absentées des pages météo depuis plusieurs semaines. Toutefois, le magnifique jardin à l'anglaise ne semble pas en avoir souffert jusqu'alors.

La *sorcerez* chemine d'un pas lent vers l'épaisse porte toujours close. Elle ne se presse pas et en profite pour admirer les complexes agencements d'arbustes, de massifs et de fourrés. Elle espère percevoir quelques infimes impulsions à travers les fines semelles de ses tennis blanches, mais le sol reste muet sur son passage. Ce n'est pas encore aujourd'hui qu'elle pourra déterminer si la lointaine prédiction de son collègue d'une autre époque va se réaliser. Toutefois, cela fait longtemps qu'elle n'y croit plus !

Voyant la poignée tourner, Chantelle se dépêche d'enfiler le masque FFP2 accroché à son poignet, seul modèle toléré par son hôte pour laisser ses invités pénétrer dans son royaume.

I

Après-midi du jeudi 15 février 2018

Bureau de Joe-Alderic Coeuru, troisième niveau de la section centrale du Maner ar Treoualen, Saint-Renan

Assis à son bureau, l'homme n'a pas daigné se lever pour accueillir la personne qui a pénétré dans son cabinet de travail. Est-ce là un traitement particulier ou s'agit-il de son attitude habituelle, quel que soit le visiteur ? Qu'importe ! Il en faut plus pour déstabiliser la nouvelle venue, car elle sait déjà qu'il a besoin d'elle. Les deux êtres en présence se jaugent mutuellement du regard. Elle n'a aucun doute sur la tranche d'âge de son hôte, sexagénaire tardif ou septuagénaire. Et malgré sa position assise, elle devine qu'il se tient toujours droit et qu'il marche d'un pas assuré. Il doit en imposer par sa stature – bien qu'il ne soit que de taille moyenne – car c'est la posture obligatoire pour quelqu'un qui règne sur un empire financier colossal depuis plusieurs décennies ! En revanche, lui peine pour évaluer l'âge de sa convive. Seules les quelques ridules qui prolongent les commissures de ses yeux – à peine visibles à cause des lunettes sombres qu'elle a conservées – lui permettent d'établir une fourchette large, qu'il estime de quarante à soixante ans. Nul cheveu blanc ne vient troubler le brun foncé de sa coupe au carré, et sa peau mate à l'aspect soyeux ne le renseigne pas plus.

Il désigne de sa main aux doigts serrés le lourd fauteuil sis au milieu de la pièce, où elle s'installe sans se préoccuper du regard scrutateur qui la toise, croisant haut ses jambes dissimulées par le tissu épais de sa longue robe noire. Enfin, sentant le moment opportun, la *sorcerez* relève ses lunettes aux verres fumés sur son front. Elle dévoile ses yeux à la couleur indéfinissable et fluctuante. Mais contrairement à son attente, cela ne semble pas impressionner l'homme qui continue à la fixer, comme si cet examen pouvait lui révéler les sombres mystères tapis au fond de l'âme de la femme se tenant en face de lui. Puis, toujours sans prononcer le moindre mot, il pointe son corps de son index, allant du col jusqu'aux chevilles avec lenteur.

Traduisant à sa guise cette silencieuse interrogation, Chantelle explique : robe de cérémonie ! Elle a sorti le grand jeu, mais ce n'était pas avec la seule intention d'en imposer à son hôte. Car ce vêtement ne consiste pas uniquement en un savant assemblage de pans de tissus noirs, taillés et cousus pour former ce fourreau adapté avec élégance aux agréables courbes de sa porteuse. Cette *sae teñval** dispose d'une histoire, d'une mémoire et de pouvoirs, dont le principal est d'exhausser la perception sensorielle de celle qui l'enfile, qualité que la *sorcerez* a privilégiée pour cet étrange rendez-vous dont elle ignore encore le but. L'homme la remercie de son explication d'un simple mouvement de tête. Il a choisi de rester muet le plus longtemps possible, probablement pour tester les capacités de son invitée. Examen de passage pour une embauche, sans qu'il s'inquiète de savoir si ce job intéresse sa convive.

Décroisant les jambes, Chantelle pose maintenant ses pieds bien à plat sur le plancher, les écartant autant que la bienséance et l'étroitesse de sa tenue l'autorisent. Elle colle ses avant-bras aux accoudoirs du fauteuil ancien. Elle devine que son hôte n'aime pas attendre, bien que son agenda déborde de temps à perdre. Elle ne doit donc pas trop tarder à délivrer son analyse. Une sensation prédomine, mais elle est trop banale pour que la *sorcerez* puisse crier victoire si tôt. Car l'inquiétude est une évidence pour quelqu'un qui fait appel au service d'une diseuse de bonne aventure. Quelle peur le taraude ainsi quotidiennement ? La mort ? Là encore, la réponse

*Robe sombre, en breton.

est trop convenue, puisque la traversée inéluctable par cette sinistre issue constitue la plus grande angoisse de la majorité de l'humanité. Son hôte septuagénaire n'est pas en mauvaise santé. Aucune zone sombre ne rôde à proximité de son aura, la cause n'est donc pas là. L'expérience de la voyante lui souffle de suivre le lien de cette angoisse, afin de rechercher son origine. Et elle comprend alors que cette hantise s'ancre bien loin dans le passé.

— Quel âge aviez-vous lorsque cette crainte est apparue ? se permet-elle de demander.

Le petit sourire pincé que l'homme retient indique qu'elle ne s'est pas trompée. Enfin, il se décide à parler.

— Lorsque j'avais vingt et un ans, l'un de vos confrères m'a annoncé que j'allais tuer quelqu'un !

*

*   *

Soirée du mercredi 15 juin 2022

Bureau de Joe-Alderic Coeuru, Maner ar Treoualen, Saint-Renan

Pas besoin de froncement de sourcils pour que Chantelle prenne conscience du mécontentement de son auditrice. Elle prévoyait cette réaction et elle aurait été étonnée que son amie la lieutenante de gendarmerie Laurence Rousseau acquiesce sans broncher après le récit de sa première rencontre avec le propriétaire du *Maner ar Treoualen*, quatre ans plus tôt. La réplique attendue ne tarde d'ailleurs pas.

— Bien que j'accepte maintenant de croire en tes pouvoirs de divination, tu ne me feras jamais avaler qu'un de tes confrères soit capable de pronostiquer un assassinat un demi-siècle avant qu'il soit commis !

Chantelle sourit en prémisse à sa réponse, d'un sourire doux et apaisant, dénué de la moindre trace d'ironie ou de moquerie. Car, tout comme l'enquêtrice, elle n'a jamais imaginé qu'une prédiction individuelle puisse s'étendre sur une aussi longue période. Elle revient quatre ans en arrière pour l'explication, avec sa recherche de renseignements sur Gwenarc'h de Châteaulin, décédé quarante-cinq ans plus tôt. Son fils a pris la suite à temps partiel, exerçant par ailleurs une activité banale à la mairie. Interrogé sur son père, Goulc'hen a décrit un *sorcer* à la réputation sulfureuse, brillant dans l'exactitude de ses présages, mais bien trop sombre dans sa façon de les transmettre aux personnes concernées. Gwenarc'h ne tenait malheureusement pas de carnet ni de journal. Des écrits auraient peut-être permis d'éclaircir l'annonce faite à son client cinquante ans auparavant, une prophétie effrayante et, jusqu'à preuve du contraire, erronée. La notoriété de son paternel était en danger, le fils chercha donc à défendre son honneur et émit une hypothèse vraisemblable. Chantelle retourna poser quelques questions au propriétaire du manoir afin de la vérifier. Ce qu'elle apprit alors confirma la supposition. Dans la fougue de sa jeunesse, renforcée par l'insouciance qu'éprouve l'unique enfant d'une famille plus qu'aisée, Joe-Alderic Coeuru adoptait très souvent des comportements à risques. Des risques pour lui-même en premier lieu, mais également pour ses amis qui l'accompagnaient dans ses intrépides divagations ; comme celles réalisées à bord de sa trop puissante voiture. Celle-ci avait été offerte par papa lorsque son fils était revenu du service militaire, son permis de conduire en poche. Rouler à fond sur les étroites routes du nord Finistère, avec l'excitation de titiller la pédale d'accélérateur pour faire rugir et bondir le bolide, s'amuser à le mener à la limite de la perte de contrôle. Il y avait aussi des escapades dans les falaises surplombant la rade de Brest, bien sûr sans équipement adapté pour s'assurer. Démonstrations de fanfaronnade, dans le simple but d'aller plus loin, sans penser aux conséquences d'une chute sur les rochers acérés dix ou vingt mètres plus bas. Il y avait surtout ce flingue qu'il avait plaisir à garder dans sa poche lors des sorties. Pour quoi faire ? Il n'avait aucune envie de s'en servir, ce n'était que pour frimer, jouer au mec qui en a, comme Alain Delon dans ses films, *Le Samouraï* ou *Le Clan des Siciliens*…

L'électrochoc provoqué par la sombre prophétie du *sorcer* changea entièrement la donne. Cette prise de conscience brutale mit un terme à tous les égarements de Joe-Alderic ! Plus de déambulation en groupe dans les rochers, trop de risques que l'un de ses camarades chute en voulant épater les copains. Finies, les folles virées automobiles ! En cas d'accident, ce n'était pas que sa vie qu'il mettait en péril, mais également celle d'autres personnes s'il venait à percuter une voiture, un vélo ou un piéton. Quant au pistolet, pourquoi se faire mousser avec cet objet au passé malsain qui n'était pas le sien et qu'il valait mieux oublier ? Les *sorcered* conclurent donc que cette modification radicale du comportement eut pour effet de briser la prophétie. Gwenarc'h avait mis son client en garde en utilisant le futur plutôt que le conditionnel, augurant qu'il était préférable d'employer les grands moyens pour éviter un drame.

— Mais, malgré les qualités indéniables de feu mon collègue, reprend Chantelle, sa prédiction eut des conséquences auxquelles il n'avait pas pensé. Même si mon explication sur la non-réalisation de la prophétie l'a convaincu, monsieur Coeuru garde toujours en lui cette peur de tuer quelqu'un. Depuis cinquante ans, il a choisi de vivre quasiment en ermite, réduisant au maximum ses contacts avec le monde extérieur. Il ne sort qu'exceptionnellement de son manoir et ne s'est jamais marié, par crainte d'être un jour responsable de la mort de son épouse.

— Au moins un qui ne s'est pas plaint des différentes périodes de confinement dues à la Covid, plaisante Laurence. Si j'en crois ta description, cela n'a pas beaucoup changé sa vie. Quand es-tu passée ici pour la dernière fois ?

— Je viens en général tous les trois ou quatre mois, et toujours à la demande du propriétaire. Ma dernière visite remonte à deux semaines ! Et avant que tu m'interroges, j'ai en effet alors ressenti qu'un drame allait se produire en ces lieux. Mais le signal était faible, très faible…

L'enquêtrice se rembrunit. Toute discussion serait vaine ! Chantelle n'a pas jugé utile de prévenir la gendarmerie qu'un acte criminel allait être commis au manoir, car elle n'en connaissait ni la date, ni la victime, ni le meurtrier. Quel officier sérieux allait prêter attention aux élucubrations d'une diseuse de bonne aventure, hormis elle ou le capitaine Adrien Le Gac de la police judiciaire brestoise ? Et quand bien même la *sorcerez* les aurait avertis, quels arguments auraient-ils pu présenter à leurs hiérarchies respectives pour justifier une action à Tréoualen ? Et d'ailleurs, elle a employé le mot « drame », ce qui peut correspondre à un accident aussi bien qu'à un crime. Elle serre les dents et secoue la tête. Son amie interrompt son grommellement silencieux :

— M'expliqueras-tu pourquoi tu m'as demandé de venir ? Car je ne sais toujours pas qui est mort…

*

— Tu viens régulièrement ici. Tu connaissais donc Erwan Le Kork ?

Hochement de tête affirmatif. Chantelle ne juge pas utile de préciser que cette connaissance n'est que lointaine. Elle croisait parfois l'homme durant ses passages au manoir et elle n'a jamais échangé plus de quelques mots avec lui. Leur plus longue conversation s'est produite quatre ans auparavant, lors de la première rencontre entre Joe-Alderic Coeuru et la *sorcerez*. Quand elle avait arrêté sa voiture devant les hautes grilles du parc, Le Kork était sorti de la maison de garde, une tablette numérique à la main. Il avait vérifié l'identité de la visiteuse et il l'avait interrogée sur la raison de sa venue. Les réponses concordant avec celles inscrites sur son écran, il avait commandé l'ouverture du portail en tapotant sur l'appareil, puis il lui avait rapidement indiqué comment rejoindre le bâtiment et où se garer, rien de plus.

— Cause de la mort ?

La lieutenante se touche le haut du buste en deux endroits distants d'une quinzaine de centimètres.

— Deux balles ! Du petit calibre d'après les premières constatations, mais il faudra attendre l'extraction lors de l'autopsie pour plus de précisions.

Elle s'interrompt en remarquant le froncement de sourcils de Chantelle.

— Je n'y connais rien en arme à feu. Petit calibre, cela peut-il correspondre à un Luger, le pistolet dont étaient équipés les officiers allemands pendant la Seconde Guerre mondiale ?

Laurence hoche immédiatement la tête.

— Si mes souvenirs de balistique sont bons, oui, en effet. Ce serait alors du 9 mm. S'agit-il du flingue dont tu parlais tout à l'heure, celui que le jeune homme fougueux s'amusait à trimbaler dans ses poches ?

La *sorcerez* rapporte ce que Joe-Alderic Coeuru lui a raconté à propos de ce Luger, un trophée récupéré par son père Jacques-André sur le cadavre d'un ennemi abattu durant l'un des multiples assauts portés au moment de la libération du pays en 1944. Joe-Alderic possède un permis de port d'arme, mais ce méchant joujou ne quitte plus jamais l'enceinte du domaine. Un pas de tir sécurisé a été installé à l'arrière du manoir pour l'utiliser.

— Ta grimace me laisse à penser que ce pas de tir n'était pas si sécurisé que ça, remarque Chantelle. Le drame s'est donc produit à cet endroit ?

Sans mot dire, l'enquêtrice admire le talent de son amie à interpréter aussi rapidement le moindre signe. Sa tête opine en un acquiescement muet alors que l'on frappe à la porte. Sébastien Jodoin entre. Le gendarme, subalterne régulier de la lieutenante Rousseau, sourit en voyant Chantelle.

— Bonjour, tu es venue nous aider dans cette nouvelle affaire ? Laurence, le légiste et l'équipe technique ont terminé leurs investigations. Ils t'attendent pour un débrief avant de partir.

*

* *

Soirée du mercredi 15 juin 2022
Pas de tir du Maner ar Treoualen, Saint-Renan

Chantelle patiente, le dos contre le mur blanc. Elle a renoncé à essayer d'entendre l'échange entre son amie enquêtrice et les spécialistes de l'investigation, la massivité de l'épaisse porte qui la sépare du groupe étouffe tous les sons provenant de l'extérieur. Alors elle observe et réfléchit. Le gendarme Jodoin les a menées du bureau jusqu'à cet accès en empruntant quelques raccourcis et escaliers de service bien cachés, les engageant dans ces louvoiements afin de ne pas effectuer de détour par le grand hall. La *sorcerez* admire la vitesse à laquelle Sébastien a su assimiler le plan des lieux. Il s'est dirigé sans la moindre hésitation dans les méandres architecturaux de l'immense bâtisse.

Propreté ! Tout au long du trajet, elle a remarqué cela. Un tel manoir ne doit pourtant pas se montrer avare en poussières, toiles d'araignées ou traces d'humidité, surtout à proximité du lac de la Laverie. Chantelle avait déjà constaté la netteté de l'endroit en venant pratiquer ses consultations régulières. Mais elle n'avait jamais eu l'opportunité de pénétrer dans les espaces privés du bâtiment, comme ces corridors dissimulés très probablement peu employés et en tout cas jamais par un visiteur occasionnel. L'absence de salissure et de taches suspectes donne l'impression qu'une armée de fées du logis œuvre discrètement pour traquer toutes souillures afin de conserver la pureté immaculée des angles et recoins. L'endroit où elle se trouve a été passé au peigne fin par l'équipe technique sans que les experts y dénichent le moindre élément utilisable.

La porte s'ouvre enfin, et Laurence fait signe à son amie de la rejoindre, TIC* et légistes ayant abandonné les lieux. Chantelle n'a jusqu'alors vu

*Techniciens en identité criminelle.

cette place que depuis le troisième niveau, qu'elle montre à l'enquêtrice.

— La fenêtre est située au bout d'un couloir transversal, en face du bureau de Joe-Alderic où nous nous tenions tout à l'heure.

La lieutenante consulte ses notes pour rapporter les détails relevés, tout en pointant les différents endroits cités de son index. Le pas de tir consiste en une étroite allée pavée, bordée d'un côté par le rez-de-chaussée de l'aile droite du manoir, dépourvu d'ouverture, et sur la gauche par un mur. Au fond se dresse un cabanon pour présenter et stocker les cibles et les silhouettes de remplacement ainsi que du matériel pour effectuer un nettoyage rapide de la zone. Deux postes de tir sont placés le premier à dix mètres et le second à vingt-cinq mètres du but, chacun étant équipé d'une petite table pour reposer l'arme et les éventuelles munitions. Plusieurs patères servent à accrocher blouson et casque antibruit. Ici, l'odeur de la poudre est toujours prégnante. À quelques mètres en direction de la cible, un marquage au sol indique la posture du corps. Laurence se met de profil et lève le bras droit, à l'horizontale, l'index et le majeur tendus, les autres doigts repliés, simulant un tir au pistolet.

— L'assassin se trouvait à cet endroit. Le Kork avait sa protection auditive autour du cou. Nous supposons qu'il avait tiré et qu'il s'apprêtait à recommencer. Il s'est probablement rendu au fond pour vérifier le groupement de sa volée. Le carton était percé de quatre marques, la moitié d'un chargeur de P08.

L'officière de gendarmerie intercepte le froncement de sourcil et comprend la nécessité d'une explication. P08 correspond au modèle de l'arme, la lettre P pour Parabellum et le chiffre indiquant l'année de conception de l'engin par monsieur Luger, soit 1908 dans ce cas. Elle clôt l'intermède balistique en précisant que le pistolet accepte deux calibres différents, le 7,65 et le 9 mm.

— Une boîte de munitions du second format a été découverte sur l'établi dans l'atelier d'Erwan Le Kork. Nous devrons attendre l'extraction des balles du corps, mais le légiste semblait également pencher pour ce calibre. L'arme n'a pas encore été retrouvée. Les TIC reviendront demain afin de poursuivre les explorations.

Elle se retourne et montre les portes de la façade arrière de la partie centrale. La plus proche, par où elle est venue chercher Chantelle, était fermée de l'extérieur avec la clef toujours engagée dans la serrure. Il est impossible que le tueur soit reparti par-là, car il n'aurait alors pas pu verrouiller derrière lui. L'autre issue est située presque au coin opposé de cette cour. Des empreintes n'ont été relevées que sur la poignée intérieure. Ce sont celles de l'épouse, qui a emprunté cette sortie pour rejoindre son mari et qui a découvert le corps.

— Il existe également un accès extérieur plus grand à l'extrémité de l'aile gauche, par où nos techniciens sont passés.

La lieutenante tourne sur elle-même, ne sachant plus comment s'oriente ce bâtiment en forme de U. Finalement, elle se met dos à la partie centrale et tend le bras gauche à quarante-cinq degrés.

— Il sert principalement au jardinier. C'est un portail assez large pour une voiture ou un petit tracteur. Mais il est verrouillé et ne semble s'ouvrir qu'avec un système électronique. J'attends le rapport des TIC pour comprendre ça. Bref, on suppose que l'assassin est ressorti par là-bas, ce qui ne nous avance pas. Malheureusement, rien ici ne nous permet d'incriminer qui que ce soit pour l'instant. Nous allons bien sûr effectuer des recherches de résidus de tir sur toutes les personnes présentes au manoir à l'heure du drame. Les scientifiques ont saisi les vêtements que chacun portait à l'heure du crime afin de procéder à des prélèvements en laboratoire, mais cela prendra un certain temps. Une rapide vérification olfactive des mains et poignets n'a rien donné. Je te propose de me suivre au grand salon où ces suspects potentiels nous attendent. J'imagine que tu les connais tous, au moins de vue…

*

* *

Soirée du mercredi 15 juin 2022
Grand salon, rez-de-chaussée de la section centrale du Maner ar Treoualen, Saint-Renan

Un gendarme tend une feuille imprimée à la lieutenante lorsqu'elle pénètre dans la pièce accompagnée de Chantelle. Une rapide explication glissée à l'oreille précise l'utilité de ce papier que Laurence consulte sans tarder. Puis, elle se tourne vers les six personnes qui patientent, assises sur les sièges du grand salon. Elle les remercie d'avoir répondu aux questions des hommes de son équipe et indique qu'elle relira au plus vite chaque rapport de conversation afin de déterminer si des points sont à clarifier.

Debout à côté de la porte, Chantelle observe discrètement les membres de l'assemblée. La mère de Joe-Alderic Coeuru est installée sur le sofa, entourée de deux femmes en blouse blanche. L'ancêtre est dans sa quatre-vingt-seizième année et ne se déplace que très difficilement, comme le témoigne le fauteuil roulant attendant à ses côtés. Les escortes qui l'encadrent sont ses infirmières privées. Pourquoi les deux sont-elles présentes en même temps, s'interroge la *sorcerez* ? Elle s'intéresse ensuite à cet homme assis à l'écart. Beaucoup plus jeune que le reste de l'assemblée, il n'a pas encore atteint la quarantaine. Elle reconnaît le jardinier qu'elle a déjà vu, mais toujours de très loin. Son vêtement ne laisse toutefois aucun doute sur son emploi. Sont-ce ses habits crottés de terre qui le mettent aussi mal à l'aise dans cet environnement immaculé ? Proche du maître des lieux se tient un quinquagénaire de petite taille en surpoids manifeste, crâne dégarni et lunettes d'écaille démodées sur le nez. Chantelle se souvient avoir croisé ce personnage après l'une de ses consultations au manoir. Ce jour-là, son patient avait abrégé la séance sous prétexte de l'arrivée de son administrateur de biens pour une longue session de travail. Cette information lui avait été fournie par la tablette qu'il conservait à portée de regard durant chaque visite. Erwan Le Kork retirait une valise cabine du coffre de l'imposante berline de l'homme lorsque la *sorcerez* regagnait sa voiture. Le gestionnaire l'avait à peine saluée d'un sec mouvement du menton. Son bagage signalait qu'il passerait au moins une nuit sur place. Agrémentée d'un 35, sa plaque d'immatriculation mentionnait le nom d'un concessionnaire rennais.

La lieutenante Rousseau adopte le faciès contrit du porteur de mauvaise nouvelle et poursuit en montrant la feuille remise par son collègue.

— Ce papier stipule les entrées et sorties au niveau du portail principal de la propriété. Donc, à moins qu'il n'ait pénétré par une autre issue…

— Impossible ! la coupe brutalement Joe-Alderic Coeuru. La vérification des systèmes de surveillance faisait partie des attributions de mon homme à tout faire, et il n'y dérogeait pas. Si qui que ce soit avait franchi les capteurs, nous en aurions été immédiatement avertis.

— Merci, Monsieur, de ces précisions. Cela confirme que l'assassin d'Erwan Le Kork se trouve dans cette salle, car toutes les personnes présentes sur le domaine au moment du drame sont rassemblées ici…

— Mais non, ce n'est pas vrai ! s'insurge le gestionnaire. Il manque sa femme, la blonde !

Le regard de Laurence se durcit. L'enquêtrice est exaspérée par ces interruptions. Discrètement, elle consulte les fiches pour retrouver le nom du gêneur.

— Monsieur Maugaron, si vous ne m'aviez pas coupée dans mon explication, vous m'auriez entendue compléter ma phrase avec « hormis madame Nathalie Le Kork, épouse de la victime qui a découvert le corps de son mari et a été prise d'une crise de nerfs ». Il a fallu la mettre sous tranquillisants et la conduire à l'hôpital où elle restera en observation pour la nuit.

— Alors il vous suffit de trouver celui ou celle qui avait quelque chose à reprocher à ce type, ce sera forcément le ou la coupable !

Sentant l'agacement de l'officière s'accroître, le propriétaire du manoir s'interpose entre le gestionnaire et l'enquêtrice.

— Merci, Jean-Marie, mais il est inutile de conseiller nos amis de la gendarmerie, ils savent exactement ce qu'ils ont à faire. Lieutenante Rousseau, je me permets de déposer une requête. Avec la disparition d'Erwan et l'absence de Nathalie, nous nous retrouvons dépourvus de personnel de maison. Le couple se chargeait de toute l'intendance, l'approvisionnement et le service. Pour les suppléer, j'ai pensé à appeler Ronan et Geneviève qui les remplacent le dimanche et pendant leurs vacances…

— Oh, Joe-Alderic ! intervient la mère avec un air choqué. Comment oses-tu vouloir déranger le frère de ce pauvre Erwan dans un tel moment ? Certes, tu es fils unique, mais figure-toi la peine que peut éprouver la famille Le Kork à cette heure !

Le silence pesant qui suit la remontrance maternelle est troublé par un long gargouillement s'échappant du ventre rebondi de Jean-Marie Maugaron. Dans l'assemblée, Chantelle repère plusieurs paires de lèvres qui se serrent ou se tordent pour éviter à leurs propriétaires d'éclater de rire. L'une des infirmières lève la main et attend que la lieutenante lui fasse signe pour parler.

— Avec votre autorisation, et à titre tout à fait exceptionnel, je me chargerai ce soir du service, si c'est là le seul moyen pour que nous puissions dîner. L'heure avance et, avec Irène, nous sentons que madame Denise se fatigue énormément.

Laurence regarde sa montre et constate qu'elle s'est laissé déborder par le temps. Elle acquiesce donc à la proposition de la soignante qui part immédiatement avec sa collègue chercher le repas heureusement déjà préparé. L'enquêtrice ne s'étonne même plus quand la *sorcerez* vient lui glisser à l'oreille qu'elle a peut-être une solution…

*

* *

Soirée du mercredi 15 juin 2022
Maison de Michel Mabec, Plougourvest

Michel n'est pas surpris quand l'écran du téléphone posé à côté de son clavier affiche la photo de sa compagne. De l'index, il établit la connexion.

— Bonsoir, ma chérie. Je suppose que tu ne dîneras pas à la maison ce soir.

— Non, mon chéri, répond Chantelle, tu peux mettre ma part au congélateur. Tu me disais l'autre jour que tu aimerais changer un peu de boulot, juste pour quelque temps. Je t'ai trouvé un poste en CDD, tu vas adorer. Bien payé, logé et nourri.

L'écrivain fronce les sourcils. Jamais il n'avait évoqué une telle idée, n'ayant aucune envie d'abandonner son gagne-pain ! Quelle était cette nouvelle blague ?

— Au fait, tu commences assez tôt demain matin, donc ne te couches pas trop tard ! ordonne sa correspondante sans lui laisser l'heur de riposter. Emporte de quoi t'habiller pour faire la cuisine et le service, et du rechange pour plusieurs jours. Je t'envoie le plan d'accès par SMS, ainsi qu'une liste d'affaires à prendre pour moi. À demain, mon chéri.

La moue circonspecte de Michel se reflète dans l'écran de son ordinateur passé en mode veille. Il consulte le message reçu, reconnaissant le nom de l'endroit. Manoir de Tréoualen. La quantité de tenues à emporter pour sa compagne ne l'étonne pas. Toutefois, il relève que cet inventaire ne comporte pratiquement que des vêtements adaptés aux travaux manuels et peu de toilettes élégantes pour paraître en société. L'ajout en fin de texto le fait sourire : apporte des viennoiseries pour une dizaine de personnes.

II

Jeudi 16 juin 2022, tôt le matin
Maner ar Treoualen, Saint-Renan

La voiture suit le triporteur électrique à vitesse réduite dans la longue allée boisée. Michel Mabec n'en revient pas. Combien de fois est-il passé sur la route des Abers sans remarquer le chemin carrossable sur la droite, quelques centaines de mètres après le rond-point du complexe sportif de Lokournan ? Toutefois, la végétation aux alentours semble avoir été laissée volontairement luxuriante pour rendre peu visible cet accès au domaine. L'écrivain n'aurait jamais pu imaginer que ce bois impénétrable abrite un tel décor si Chantelle ne lui avait pas raconté sa première visite ici, quatre ans auparavant.

Il s'est arrêté un peu plus tôt devant le portail où deux gendarmes se tenaient en faction. Sa compagne l'a rejoint, sortant de la maison de garde, et a ouvert l'issue grâce à une petite tablette numérique de 7 pouces, lui expliquant que cet engin est l'outil indispensable au personnel du manoir. Puis la *sorcerez* est montée à bord d'un étrange véhicule à trois roues, lui faisant signe de la suivre. Au bout de l'allée, elle a tourné à gauche pour accéder au parking destiné aux employés, beaucoup moins reluisant que celui réservé aux visiteurs. L'écrivain a transporté les bagages de son coffre à celui du triporteur et s'est assis à côté de la conductrice qui l'a mené à la porte de service sur le côté droit du bâtiment. Ils sont montés au premier niveau de l'aile par un sombre escalier en colimaçon pour parvenir dans le couloir principal.

Ici, chaque chambre est désignée par le nom d'un industriel célèbre, noté sur une plaque de bronze agrémentée de la représentation de leurs créations ; un pneu pour les frères André et Édouard Michelin, la Traction Avant d'André Citroën ou le viaduc de Garabit pour Gustave Eiffel. C'est là qu'entre le couple.

— On dépose les affaires et on y retourne. N'emporte que ton tablier, ta tenue conviendra pour le service. Pour ma part, j'ai besoin de ma veste à grandes poches, j'espère que tu ne l'as pas oubliée. La cuisine est de l'autre côté du bâtiment, mais on ne va pas s'embêter à prendre les chemins détournés pour s'y rendre. Je t'expliquerai plus tard…

Nouveau parcours à pas rapides dans les couloirs et les larges escaliers. Passage par le hall d'entrée. Chantelle vérifie la vacuité de la salle à manger avant de la traverser, suivie de Michel. Au fond de la pièce, une porte battante donne directement sur l'immense cuisine. L'écrivain repère la cafetière perfectionnée. Sa guide pointe du doigt une feuille plastifiée fixée au mur.

— Les préférences de chacun sont indiquées ici. Il y aura ce matin Joe-Alderic Coeuru, le propriétaire du manoir, Denise, sa mère, Irène Mesdun et Yvonne Kergalen, les deux infirmières exceptionnellement présentes en même temps et Jean-Marie Maugaron, le gestionnaire de fortune…

Un bip l'interrompt. La *sorcerez* sort la tablette de sa poche intérieure et consulte l'écran.

— Ajoute un couvert pour Laurence, tu connais déjà ses goûts. Et prépare également un petit frichti pour nous deux et pour Sébastien. Ne traîne pas ! Les convives ne vont pas tarder à débarquer pour le petit-déjeuner et la patience est loin d'être la plus grande qualité de la famille Coeuru.

Laissant Michel se débrouiller, elle s'éclipse par une issue sur le côté de la pièce pour réapparaître peu après, accompagnée de la lieutenante et de son assistant. Chantelle montre la porte battante à l'enquêtrice.

— Va t'installer à côté. Monsieur Coeuru ne permettra pas qu'un officier de gendarmerie déjeune à la cuisine avec le petit personnel, ajoute-t-elle en devinant la réticence de son amie.

Dégourdi et observateur, Sébastien Jodoin va chercher la desserte à roulette rangée contre le mur et commence à la charger.

Dans la salle à manger, la voix du maître de maison se fait entendre.

— Bonjour, lieutenante Rousseau. Ah ! La table n'est pas encore mise. Nathalie la prépare toujours la veille pour le lendemain. J'espère que le service ne tardera pas…

Michel se presse de remplir cafetière et théière en porcelaine. Chantelle l'arrête alors qu'il s'apprête à passer la porte, lui tendant un masque FFP2.

— Étant donné que tu risques de te trouver en présence de la matrone, tu es obligée de porter cela. Et retire ton tablier, car tu es engagé à la fois comme cuisinier et comme serveur, mais ton employeur ne supportera pas que tu mélanges les deux.

— Mais si je salis ma belle chemise en remplissant leurs tasses de café ? se moque l'écrivain. N'oublie pas que je débute dans ce job pour lequel tu m'as enrôlé de force.

— Alors tu seras viré ! Le proprio est intraitable. Mais tu continueras tout de même à faire la popote, sans quoi toute la maisonnée mourra de faim ! Dépêche-toi, tu es attendu !

Michel dissimule sa moue circonspecte derrière la protection blanche de son masque et pousse la desserte pour ouvrir la porte battante.

*
* *

Matinée du jeudi 16 juin 2022
Pas de tir du Maner ar Treoualen, Saint-Renan

Chantelle et Michel s'appuient sur la table du poste de tir pour écouter Laurence. La lieutenante a préféré s'isoler pour leur expliquer la situation.

— Je ne sais pas ce que Chantelle t'a raconté sur cette affaire, alors je reprends tout du début. Monsieur Joe-Alderic Coeuru est le propriétaire de ce manoir. Il l'a hérité de son père qui l'a fait construire dans les années 1930, quand les lacs n'existaient pas encore. La grosse fortune de la famille Coeuru leur permet de l'entretenir sans être obligés de le transformer en lieu d'accueil pour des séminaires ou des repas de mariages, comme beaucoup d'autres ont dû faire. Le domaine de Tréoualen s'étend sur environ trois hectares principalement boisés, bordés à l'est par le lac de la Laverie et au sud par la route des Abers. Je dois signaler un point essentiel ; la propriété est entièrement entourée de murs, de grilles ou de grillages, tous équipés de capteurs qui préviennent d'éventuelles intrusions. L'efficacité du système de surveillance a été testée par l'équipe technique qui n'a décelé aucune défaillance.

Une pause. La lieutenante interroge du regard ses deux auditeurs qui acquiescent.

— Je passe maintenant à la victime. Erwan Le Kork avait quarante-deux ans. Il travaillait pour monsieur Coeuru depuis septembre 2012 comme homme à tout faire, avec son épouse Nathalie, chargée de l'approvisionnement, de l'entretien, de la cuisine et du service. Le couple loge dans la maison de gardien à l'entrée du domaine. Le mari a été abattu de deux balles de 9 mm dans le torse. Un pistolet Luger a très certainement été utilisé. Il appartient à monsieur Coeuru. Le Kork venait tout juste de le nettoyer et de le graisser. Cette action est notée dans son planning d'hier. Il la réalise tous les deux mois. Le matériel employé à cet effet était présent sur l'établi de son atelier, lubrifiant, chiffon non pelucheux et goupillon. La victime avait l'autorisation de vider quelques chargeurs après chaque séance d'entretien de l'arme, sur le pas de tir où nous nous tenons. À l'heure actuelle, le Luger n'a toujours pas été retrouvé. Les TIC ne vont d'ailleurs pas tarder à débarquer avec de l'équipement supplémentaire pour le rechercher.

Nouvelle interruption pendant laquelle Chantelle intervient.

Elle se déplace dans l'allée rectiligne.

— Erwan Le Kork revenait tranquillement de la cible, sans s'inquiéter de ce que son assassin s'approche de la table où reposait le pistolet. Il ne se méfiait donc pas de lui, ou d'elle…

— Ce qui me permet de basculer sur le point suivant qui concerne les suspects ! rebondit la lieutenante. Le système de surveillance nous autorise à en réduire le nombre à six, car nous sommes sûrs qu'il ne peut pas s'agir d'une personne externe au manoir. Restent en lice Joe-Alderic Coeuru, le propriétaire, Irène Mesdun et Yvonne Kergalen, les deux infirmières privées de madame Coeuru, Jean-Marie Maugaron, le gestionnaire de fortune, Stéphane Janbrisson, le jardinier et Nathalie Le Kork, l'épouse. J'exclus d'emblée madame Denise Coeuru, la mère, étant donné ses difficultés à se mouvoir. Elle est la majorité du temps assise dans un fauteuil roulant. Problème ! Une arme à feu propulse des particules chimiques qui se déposent sur la peau et les habits du tireur. Les techniciens réalisent des tests sur les vêtements de tous les individus présents hier soir. Ils ne sont pas encore finis, mais restent pour l'instant négatifs. S'ils ne trouvent rien, cela nous conduira à deux hypothèses. Soit nous faisons erreur et il existe un moyen d'entrer et sortir d'ici sans déclencher les capteurs. Soit le meurtrier est bien l'un des six suspects, et il a sacrément bien préparé son coup. Pour la première supposition, une équipe spécialisée dans le relevé d'indices après cambriolage inspecte à nouveau le pourtour du domaine et la centrale de surveillance. Mais…

L'hésitation de la lieutenante sur la conjonction de coordination permet à la *sorcerez* de s'inviter dans l'explication.

— Mais tu te dis qu'un tel vieux manoir doit disposer de quelques passages secrets pour s'éclipser discrètement. Au cours de mes premières visites régulières, j'ai en effet cru ressentir quelques excroissances souterraines, mais aucune ne m'a semblé assez longue pour rejoindre l'extérieur de la propriété. Toutefois, à l'époque, je n'ai pas jugé utile d'approfondir cette exploration.

Laurence hoche la tête, intéressée.

— Les TIC ont vérifié la cave. Elle s'étend uniquement sous la partie centrale du manoir, ce qui représente déjà une belle surface. Mais ils n'ont rien découvert, tout est propre et net, comme partout ailleurs dans le bâtiment. Saurais-tu retrouver les entrées de ces échappatoires, juste par curiosité ?

Chantelle hausse les épaules, offrant un sourire énigmatique en guise de réponse évasive. Michel se déplace pour contempler les façades et la cour arrière de l'édifice.

— La conception de ce petit château date de moins d'un siècle, remarque l'écrivain. Je m'étonne que le constructeur ait eu envie d'y ajouter de telles options, car toute cette zone était réputée être marécageuse. Tu nous parlais des années 1930, une période troublée économiquement et socialement…

— D'après ce que m'a raconté Joe-Alderic, le bâtiment a été livré avant le début de la grande crise, précise Chantelle. Je ne pense pas que le père Coeuru a prévu ces tunnels comme sortie de secours en cas d'émeute antiriches. Si l'on omet ces hypothétiques passages secrets, comment pénétrer dans ce jardin privé ? Je n'avais jamais eu l'occasion d'y entrer jusqu'à hier soir ; je ne l'avais jamais vu que de là-haut.

La lieutenante se retourne et indique une première porte, à quelques mètres sur la droite.

— L'issue la plus proche se trouve ici. Elle donne sur le couloir de service qui longe l'arrière de la section centrale, tout comme celle là-bas, ajoute-t-elle en désignant l'angle situé à une vingtaine de mètres de distance à l'extrême droite. La seconde arrive derrière la cuisine, et la première débouche sous le grand escalier du hall. Le Kork l'avait bloquée en laissant la clef engagée dans la serrure, chose qu'il faisait à chaque fois qu'il venait tirer ici. Une précaution supplémentaire pour éviter les accidents, mais une mesure à mon avis superflue. Un troisième accès se situe au coin opposé du jardin. Au bout de l'aile gauche, un portail large permet de passer les outils et le matériel d'horticulture. Son déverrouillage est commandé par une tablette ou par un badge, le rapport des techniciens me l'a confirmé. Nous avons consulté l'historique et il apparaît que ce portail n'a pas été actionné dans la journée d'hier.

D'un mouvement oscillant, Michel désigne les deux issues du doigt.

— Je suppose que celles-ci ne disposent pas du même mécanisme, sinon tu saurais déjà qui en a demandé l'ouverture pour aller assassiner la victime, à moins que le meurtrier ne soit sorti en même temps que Le Kork.

Laurence hoche la tête.

— Les portes de l'arrière ne se déverrouillent qu'avec une clef, tandis que les trois sur la face avant du bâtiment sont commandables électroniquement, comme la grille de ce jardin et celle de l'entrée du domaine, chaque action effectuée sur l'une de ces issues étant enregistrée dans un fichier.

Un signal sur la tablette rangée dans la poche de la *sorcerez* précède de quelques secondes la sonnerie du téléphone de l'officière de gendarmerie. Une ambulance attend devant le portail du manoir, ramenant Nathalie Le Kork de l'hôpital.

*

*   *

Milieu de matinée du jeudi 16 juin 2022
Petit salon de l'aile gauche du Maner ar Treoualen, Saint-Renan

— Arrête de bouger ! Tu me donnes le tournis et je ne parviens pas à me concentrer !

Confortablement installée dans un fauteuil club, Denise Coeuru tance son fils qui va et vient dans le petit salon de l'aile gauche du manoir. Pendant le petit-déjeuner, la lieutenante Rousseau a demandé à toutes les personnes attablées de rester disponibles pour répondre à un interrogatoire plus poussé. Seule l'infirmière Yvonne Kergalen a été autorisée à s'éclipser. Son rendez-vous chez l'ophtalmologiste était programmé de très longue date et elle refusait de le reporter, les délais pour en obtenir un nouveau se montrant exorbitants.

Ce rendez-vous est d'ailleurs la raison de la présence simultanée des deux soignantes. Irène Mesdun est arrivée la veille pour remplacer sa collègue qui devait rentrer à son domicile de Plouzané le soir même. Mais les événements en ont décidé autrement.

— Quel imbécile j'ai été ! se morigène Joe-Alderic Coeuru. Quand elle a sollicité un endroit isolé pour pratiquer ses interrogatoires, j'ai assuré qu'Erwan allait lui installer cela immédiatement…

Denise lance un regard noir à son fils.

— Le ton que tu utilises donne l'impression d'une diatribe. Tu reproches à ton employé de s'être fait abattre.

Joe-Alderic sait qu'il est vain de répondre à cette accusation et baisse les épaules, vaincu. D'ailleurs, sa mère n'a-t-elle pas un peu raison ? Comment va-t-il se débrouiller pour trouver un couple capable de remplacer les Le Kork avec autant d'efficacité ? Du coin de l'œil, il remarque qu'Irène a reposé ses grilles de mots fléchés et qu'elle tente d'attirer son attention. D'un lent signe de tête, il lui indique qu'il a compris le message.

— Je retourne dans mon salon et te laisse à tes travaux de couture !

Il sort d'un pas martial. Soupirant d'agacement, sa mère fouille dans la boîte où s'emmêlent quantité de fils de broderie et chausse ses loupes pour enfiler l'aiguille. À quatre-vingt-quinze ans, elle se targue de pouvoir se passer de lunettes, sauf pour glisser l'extrémité du fil trop gros dans ce chas trop étroit. Elle se plonge ensuite dans son ouvrage, piquant et tirant avec les gestes instillés par de nombreuses décennies d'expérience.

— Vous vouliez lui parler, alors ne le faites pas attendre ! ordonne Denise sans quitter le cheminement de son aiguille des yeux. Il a toujours eu horreur de cela.

Les lèvres pincées, Irène Mesdun se lève et

sort. Elle retrouve Joe-Alderic Coeuru derrière la porte. Le regard irrité du maître des lieux convainc l'infirmière de s'exprimer sans tarder.

— Je m'inquiète pour madame Denise. La présence permanente de cette femme étrange avec ses lunettes aux verres fumées la perturbe au plus haut point. Depuis le temps que je m'occupe de votre mère, je sais reconnaître les signes d'une accélération anormale du rythme cardiaque.

Ce disant, elle se frotte la veine de la tempe droite du bout des doigts.

— Vous ne semblez pas comprendre qu'à son âge, un emballement du cœur peut lui être fatal. Vous devez la ménager !

— Que croyez-vous ? Je travaille activement au remplacement des Le Kork. J'ai donné ordre à monsieur Maugaron de se lancer dans cette recherche. Mais ce type de personnel ne se trouve pas dans la première boîte d'intérim venue. Et hier soir, j'ai dû faire au plus pressé. Ne disposez-vous pas de calmants pour éviter ces affolements cardiaques ? Je ne devrais pas avoir à vous apprendre votre métier !

Ton de congédiement ! Sans un mot, la soignante retourne dans le salon pour que son employeur ne voie pas sa moue acerbe. Coeuru serre les dents et prend la direction de la zone centrale. Bien sûr qu'il sait que sa mère ne supporte pas madame Marzin ! Il se souvient fort bien de la fois où les deux femmes se sont croisées. Fatiguée après une longue séance, la *sorcerez* n'avait pas encore remis ses verres fumés. Il revoit les signes de croix frénétiques de l'aïeule et il entend cette prière qu'elle psalmodiait en boucle entre ses dents. Il perçoit les reproches alors adressés, où sorcellerie se conjuguait avec impiété, et où Satan valsait au chant des sacrilèges. Mais il avait besoin de cette femme et de ses prédictions rassurantes… jusqu'à la dernière !

*

* *

Milieu de matinée du jeudi 16 juin 2022
Maner ar Treoualen, Saint-Renan

Michel prend la peine de lire quelques-uns des étiquettes apposées sur les longs rayonnages porte-bouteilles en bois. Comme il s'en doutait, ici sont stockés plusieurs grands crus. Mais quelques cuvées de petits producteurs trouvent aussi leur place dans cette immense cave à vin. Il se souvient du classeur rangé sur une étagère de la cuisine. Pour chaque cépage, Nathalie Le Kork a reporté tous les renseignements permettant de les associer correctement aux plats qu'elle préparait.

— À côté se situe le cellier, lui indique Chantelle, faisant sortir l'écrivain de sa rêverie. Environ la même taille. Il faut croire que celui qui a conçu les plans de ce manoir prévoyait qu'il serait occupé par une famille nombreuse ou que son propriétaire organiserait fréquemment de grands banquets et qu'il aurait besoin de place pour entreposer ses réserves…

Michel opine, jetant un coup d'œil rapide dans la pièce contiguë. Ici aussi, des rayonnages en bois, bien entretenus. Aucune trace de rongeurs, peu de toiles d'araignées. Même la poussière est quasiment absente, comme partout dans le bâtiment.

Après le prompt rapport de la lieutenante Rousseau, Chantelle a proposé une visite des lieux à son compagnon, afin qu'il découvre les endroits où il aurait à œuvrer dans les jours à venir. Ils sont donc revenus sur l'avant du manoir pour comprendre la structure générale de sa construction, avec sa section centrale composée de trois niveaux par-dessus le sous-sol tandis que les ailes n'atteignent que le premier étage. Par le perron, ils ont pénétré dans le hall où aboutit le large escalier. Ici, deux accès à sénestre donnent sur le grand salon et sur la salle à manger, ces deux espaces pouvant être réunis grâce à un ingénieux mur coulissant. Au fond de la pièce, une issue ouvre sur un couloir permettant de rejoindre l'aile gauche, zone occupée par la mère du propriétaire et ses soignantes, toutes trois logeant au rez-de-chaussée. Deux autres portes dans ce corridor sont utilisées pour rentrer discrètement les courses ou pour que le cuistot puisse regagner ses fourneaux. Car comme l'avait indiqué Chantelle plus tôt, la famille Coeuru ne semble pas supporter de voir le petit personnel circuler par leurs lieux de vie. En témoignent ces nombreux couloirs de services et escaliers annexes – toujours en colimaçon – dévolus aux déplacements des larbins.

Michel s'est retenu de maugréer contre ces contraintes dignes d'un passé largement dépassé. Il s'est dit que ceci date du père de Joe-Alderic, concepteur des plans du bâtiment à une autre époque, un autre temps. Il ne présumait alors pas n'engendrer qu'un fils unique qui ne convolerait jamais en justes noces et n'assurerait pas la continuité de la lignée Coeuru. À la place, il espérait sans doute une foultitude d'enfants et de petits enfants, tout ce petit monde courant au long des corridors dallés du manoir et jouant à cache-cache dans les multiples pièces de l'édifice. L'écrivain imagine le fantôme de Jacques-André, errant tristement dans les combles de sa création, occupée en général par seulement cinq personnes, en comptant le couple de serviteurs.

Dans la partie gauche du bâtiment, Chantelle a vite montré les quelques endroits où le ménage devait être effectué quotidiennement, le petit salon, les chambres et les salles d'eau associées. L'escalier qui mène au premier niveau a été équipé d'un mécanisme autorisant Denise Coeuru à monter avec son fauteuil. En haut, une porte s'ouvre sur la section centrale où se tient une bibliothèque qui impressionne aussi bien par sa taille que par son contenu. Ici se trouvent également la chambre de Joe-Alderic, son dressing et ses commodités privées. Un petit ascenseur permet de s'élever au second étage. Tout comme le monte-escalier, ce mécanisme a été mis en place après l'accident qui a invalidé la doyenne cinq ans plus tôt. Ainsi, malgré son fauteuil, elle peut toujours aller où bon lui semble dans le manoir. Malheureusement, la configuration des lieux rendait impossible l'installation d'un ascenseur desservant tous les niveaux, à moins de défigurer le magnifique hall d'entrée ou d'empiéter sur la cuisine. Le maître de maison n'utilise jamais cet engin, désirant conserver la ligne. À cet effet, il a d'ailleurs fait établir une salle de sport bien équipée à proximité de sa suite quelques années plus tôt. Mais sa bonne résolution n'a survécu qu'un très court temps, et le contrat du coach sportif engagé pour conseiller l'alors sexagénaire n'a jamais été reconduit. Aujourd'hui, Joe-Alderic n'entre plus qu'exceptionnellement dans cette pièce.

Passage à l'étage de l'aile droite, où se tiennent les chambres associées aux grands entrepreneurs. Maugaron occupe celle nommée Michelin. « Mais aucun rapport avec le Bibendum », a précisé Chantelle avec un petit sourire narquois, la *sorcerez* ayant déjà remarqué la goinfrerie du personnage. Sans trop tarder, ils sont redescendus au rez-de-chaussée. La guide a indiqué la position de l'atelier où Erwan Le Kork œuvrait très souvent et l'immense buanderie fort bien équipée. Puis retour dans la partie centrale, ils ont traversé la salle à manger pour rejoindre la cuisine. Au fond à droite, une autre porte les a menés au couloir de service arrière et surtout leur a permis d'accéder à la spirale de l'escalier qui les a conduits ici pour la fin de la visite. Afin de compléter la présentation du sous-sol, Chantelle montre rapidement la chaufferie et le local technique où arrivent quantité de gaines et tuyaux, tous proprement fixés au plafond avant de plonger dans des placards dédiés. Bien sûr, chaque rangement indique l'utilité des boîtiers et du matériel contenus par l'entremise d'une étiquette.

— Sais-tu si c'est la victime qui a mis tout cet affichage en place ? Auquel cas on peut en déduire que ce gars était un maniaque de l'organisation. Quoi qu'il en soit, il a bien fait, car cela nous facilitera le travail si on en a besoin…

— J'espère que ce ne sera pas le cas. La dernière pièce comporte le matériel d'entretien, comme à chaque étage de chaque aile. Brosses, balais, chiffons, plumeau et aspirateur puissant. Ça évitait à

Nathalie Le Kork et à ses prédécesseuses d'avoir à tout trimbaler dans ces escaliers casse-gueule. D'ailleurs, on va prendre le chemin interdit pour remonter, un bel escalier bien droit aux marches régulières et qui nous mènera jusque dans le hall d'où nous sommes partis.

*

* *

Fin de matinée du jeudi 16 juin 2022
Dans les rues de Saint-Renan

Après une courte hésitation, Michel s'est finalement résolu à utiliser sa voiture pour aller faire les courses nécessaires à la préparation du déjeuner. Le trajet à pied depuis l'entrée du manoir jusqu'à la rue Saint-Yves ne lui aurait pourtant demandé qu'une petite vingtaine de minutes de marche agréable en passant par les berges du lac de la Comiren. Mais il pensait déjà au poids de ce qu'il devrait rapporter et au risque que les aliments s'abîment dans son sac de transport. Toutes les places du parking de la mairie étant occupées, il se rabat sur le grand espace de stationnement de la place du Docteur-Paul-Guyader et entreprend de gravir l'étroite rue de la Gare pour rejoindre sa destination. Il commence par se rendre au tabac-presse. Jean-Marie Maugaron lui a enjoint d'acheter plusieurs journaux, magazines et mensuels ayant trait à l'économie. Les rayons sont heureusement bien organisés et il trouve sans peine la majorité des titres réclamés. Sur les présentoirs Michel remarque au passage la présence de son dernier roman sage, l'écrivain générant également des ouvrages pour une collection très coquine qu'il signe de son pseudonyme Double M*. Ressortant du commerce, il en profite pour admirer la place du Vieux-Marché, avec les maisons Gérard et Cardinal, toutes deux inscrites aux Monuments historiques, chacune avec son type particulier. Époque renaissance bretonne, pierres de taille bicolores et ornements architecturaux exubérants pour la première, pignon à colombages et étages en encorbellement pour la seconde. Cela rappelle à Michel les fêtes médiévales bisannuelles de Saint-Renan. Quand aura lieu la prochaine ? Avec les restrictions dues au coronavirus, tout est chamboulé. Mais cet événement se déroule toujours les années impaires, ce sera donc 2023. D'autres souvenirs rattachés à cette place reviennent au cuisinier. Il se remémore les Vendredis branchés en été, où il venait pour accompagner sa fille alors trop jeune pour y aller seule. Divers groupes musicaux s'y produisent, en général de la région, aux styles aussi variés que le niveau de leurs prestations.

---

*Voir *Blues en rafale à Landivisiau*, même collection.

Michel glisse précautionneusement les périodiques dans un sachet de papier. Puis il monte à la boulangerie, repensant à la réflexion de madame Coeuru qui a instamment réclamé du pain provenant de cet endroit, le meilleur de la ville selon elle. L'écrivain fera-t-il l'effort de leur préparer son propre pain ? La cuisine est pourvue en matériel performant, il serait dommage de se priver d'un tel plaisir. Mais, pour ce midi, il n'aura pas le temps. Il revient ensuite jusqu'à la boucherie Saint-Yves. Nul doute qu'il trouvera là des produits de qualité pour nourrir les occupants du manoir. Le panier bien rempli, il choisit de descendre la rue Saint-Yves plutôt que de reprendre le chemin de l'aller, un petit détour pour profiter de la ville. Intérieurement, il espère que l'enquête et son emploi provisoire dureront au moins trois jours. En premier lieu pour son plaisir de cuisiner pour une vraie tablée, même s'il n'apprécie pas vraiment les convives. Et surtout, cela lui donnera une excellente raison de fréquenter le grand marché de Saint-Renan. Le samedi matin, toute la rue Saint-Yves est réquisitionnée, ainsi que la place Léon-Cheminant, face à la mairie, avec souvent quelques extensions dans les rues adjacentes. En passant devant la laverie automatique, il s'amuse à imaginer Joe-Alderic Coeuru ; un sac de linge sale à la main, obligé de venir ici, car il n'a pas réussi à faire démarrer les machines du manoir, si perfectionnées qu'elles en deviennent trop complexes à utiliser. Michel sourit en continuant son chemin. Il songe maintenant aux multiples fiches rédigées par Erwan et Nathalie Le Kork. Elles représentent une mine de renseignements forts pertinents dont pourront bénéficier leurs remplaçants, à condition de trouver un couple d'accord pour un tel travail.

L'heure est affichée sous la croix verte de la pharmacie du centre. Il sait qu'il est en retard pour la préparation du repas, mais, en cas de plainte, il sortira l'excuse de débuter dans la profession. Ses pensées dérivent vers Chantelle, et une étrange angoisse l'étreint. Bien que ne possédant aucun des dons de sa compagne, il s'inquiète soudain. Quelque chose ne tourne pas rond pour elle, mais il reste pour l'instant incapable de déterminer ce qui lui permet d'imaginer cela.

*

*   *

Fin de matinée du jeudi 16 juin 2022

Bureau de Joe-Alderic Coeuru, Maner ar Treoualen, Saint-Renan

La lieutenante Rousseau regarde le visage de Nathalie Le Kork avec inquiétude. Sont-ce les louzoùs qu'on lui a fait avaler pour la tranquilliser qui la rendent si absente ? Et y a-t-il le moindre intérêt à l'interroger maintenant ? Quand bien même elle répond, quelle valeur auront ses déclarations ? Mais un vent de lucidité vient chasser les brumes d'apathie des yeux de la veuve qui se résigne à demander.

— Je suppose que vous avez des questions à me poser…

Laurence hésite, prise de court par ce soudain revirement. Elle se lance presque au hasard.

— Avez-vous une idée de qui pouvait en vouloir à votre mari ? Nos premières constatations indiquent que le tireur appartient au cercle très restreint des habitués du manoir…

Elle appuie sur le terme “habitués”, espérant voir apparaître une lueur dans le regard de l'épouse. Mais c'est la bouche qui réagit, formant un O d'incrédulité derrière son masque de protection qu'elle ne parvient pas à garder dans une position correcte. L'enquêtrice ne s'inquiète pas de ce comportement ; elle sait d'expérience qu'à cette période de scepticisme succède une cogitation profonde qui aboutit souvent sur une liste de motifs potentiels. Mais ce ne sera pas le cas maintenant pour Nathalie Le Kork, car le voile médicamenteux reprend place au fond de ses yeux bleu pâle. Laurence soupire.

— Je vais vous faire raccompagner chez vous pour que vous vous détendiez…

— Mais non ! Je n'ai pas le temps ! réplique la femme en montrant l'horloge posée sur le secrétaire derrière la lieutenante. Je dois me charger du nettoyage des chambres de l'aile droite avant de préparer le repas. Je suis en retard !

L'officière calme avec douceur les ardeurs soudaines de son interlocutrice, la réconfortant sur ces corvées pour lesquelles un remplaçant allait prendre le relais. Avec l'aide du gendarme Jodoin, elle reconduit en voiture la veuve jusqu'à la maison de garde à l'entrée du domaine. Un appel au service médical qui s'est occupé de l'épouse de la victime rassure l'enquêtrice : on lui indique un comportement normal qui passera quand l'effet des médicaments s'estompera dans quelques heures.

*

* *

Fin de matinée du jeudi 16 juin 2022
Jardins du Maner ar Treoualen, Saint-Renan

Stéphane Janbrisson reprend les petites jumelles pendues à son cou. Là-haut, il a remarqué quelque chose et préfère vérifier ! Un coup d'œil dans la binoculaire le conforte, il ne s'agit que d'un nid d'oiseau. Il regrette de ne pas avoir apporté son appareil photo. Avec son téléobjectif, il aurait pu obtenir une image assez nette pour l'envoyer sur les réseaux afin qu'un connaisseur en ornithologie lui indique l'espèce bâtisseuse, par simple curiosité.

Son regard revient au sol. La large allée forestière n'a pas souffert de l'absence de pluie depuis plusieurs semaines. La dense frondaison des arbres qui la borde en est très probablement la raison. Il attend l'automne avec impatience, avec ses couleurs fauves et ses entêtantes odeurs d'humus. N'est-ce pas pour le plaisir de traîner dehors en cette saison qu'il a choisi cette voie, malgré les ondées et les frimas ? Toutefois, ce satané dérèglement climatique risque fort de gâcher la fête, en étendant l'été plus que de raison et en desséchant les terrains et les plantes. Mais qui dit automne dit aussi feuilles mortes. Ici, elles ne manquent pas. Et pas question d'aspirateur ou de souffleur pour les pousser sur les côtés, le jardinier demeure intransigeant là-dessus, en accord avec le propriétaire du domaine. Balai à feuilles et fourche resteront ses alliés pour dégager le sol de ce tapis végétal. Seule concession au modernisme, la remorque attachée au tricycle électrique pour transporter son chargement jusqu'aux bacs de compost.

L'ouverture du portail le ramène au présent, à l'orée de l'été. La voiture d'Yvonne Kergalen s'arrête à côté du jardinier et la conductrice descend sa vitre.

— Bonjour, monsieur Janbrisson. Vous vous promenez ?

Stéphane sourit, incapable de se souvenir du nom de cette infirmière, il confond toujours les deux.

— Bonjour, Madame… Non, je travaille. Erwan n'étant plus là, monsieur Coeuru m'a ordonné de me charger à sa place de la vérification de l'allée, le sol, les fossés et les arbres, qu'il n'y ait pas de menace qu'une branche chute sur un véhicule. Je finissais tout juste et j'allais retourner au manoir…

— Alors, profitez donc de ma voiture ! propose la soignante. Avec cette température qui n'arrête pas de monter, vous risquez d'attraper mal, vous êtes bien trop couvert.

Le jardinier allait refuser, mais il perçoit une demande cachée dans le ton de la femme. Elle veut discuter. Par curiosité, il renonce à sa flânerie du retour et s'installe sur le siège passager.

— Quelle horreur ! grince Yvonne en redémarrant. Un meurtre dans le manoir ! Et d'après ce que nous a dit cette officière de gendarmerie, ce serait l'un de nous le coupable. En partant tout à l'heure, j'ai dû subir une fouille complète de mon véhicule par les surveillants postés devant la sortie. L'adjointe m'a même palpée pour vérifier que je n'emportais rien sur moi. Vous avez sans doute aussi dû endurer ce traitement offensant hier en rentrant chez vous.

Stéphane Janbrisson hausse les épaules.

— J'ai du mal à y croire. Qui pouvait en vouloir à Erwan à ce point ?

Mais l'infirmière semble avoir un autre point d'intérêt.

— Avez-vous remarqué cette étrange personne qui est arrivée hier soir ? Elle venait régulièrement visiter monsieur Joe-Alderic. D'après ce que m'a raconté madame Denise, ce serait une bohémienne, qui tire les cartes ou lit dans une boule de cristal. Elle porte toujours des verres sombres pour cacher son regard.

— Oui, je l'ai rencontrée ce matin. Elle prend provisoirement la place d'Erwan, le temps de lui trouver un remplaçant. Je ne savais pas qu'elle était une voyante. Ça m'étonne que monsieur Coeuru fasse appel à une telle personne, il a l'air si rationnel.

La conductrice chasse l'argument d'un mouvement de main.

— Peu importe. Ce qui m'interpelle le plus, c'est que cette femme me paraît être très bonne amie avec l'officière de gendarmerie. Méfiez-vous d'elle !

Stéphane retient la moue perplexe qu'il allait afficher, ne voulant pas heurter les certitudes de la soignante. Il montre le virage de l'allée.

— Je vais descendre ici. Je dois récupérer mes outils. Je ne sais pas si j'aurai le droit d'aller travailler à l'arrière du bâtiment, ils ont tendu leurs rubans jaunes dans tous les coins et fouillent toujours pour retrouver le pistolet. Merci, Madame…

Une chance sur deux de se tromper de nom, Mesdun ou Kergalen ? N'ayant pas le goût du risque, le jardinier sort rapidement de la voiture.

*

*   *

Fin de matinée du jeudi 16 juin 2022

Grand salon de la section centrale du Maner ar Treoualen, Saint-Renan

Chantelle avance à pas lents dans les couloirs du dernier étage du tronçon central du manoir, sa main caressant les murs. La quête de traces d'humidité est une excuse bien pratique pour parcourir les recoins du bâtiment à la recherche d'informations. Mais l'édifice se montre avare en indices, comme s'il souhaitait protéger le coupable. La *sorcerez* perçoit tout de même quelques infimes sensations : constance et allégeance, dévouement et sacrifice, abandon… L'idée de sacrifice l'interpelle, alors elle se concentre sur cette notion. Elle s'efforce d'y rattacher des fils permettant à l'enquêtrice ésotérique qu'elle est de remonter jusqu'à son initiateur, ou plutôt son initiatrice ! Car elle ressent la féminité accrochée à ce lien. Mais la vibration de la tablette dans sa poche intérieure rompt la frêle interaction. Joe-Alderic Coeuru indique à son employée temporaire qu'il veut la voir immédiatement dans le grand salon. Sans empressement ni appréhension, Chantelle prend la direction du large escalier pour rejoindre le rez-de-chaussée. Hors de question qu'elle suive les recommandations expresses du maître de maison et qu'elle n'emprunte que les colimaçons de services et les couloirs secondaires pour se déplacer d'un lieu à l'autre.

Bras croisés, la manche relevée pour laisser la montre visible, monsieur Coeuru tourne dans la pièce d'un pas agacé. Il toise d'un air sévère la femme qui approche, mais il renonce vite à jouer à l'autocrate, embarrassé par le regard gris métal qui le fixe intensément. Le vieil homme croit sentir ses incertitudes mises à nu par ces yeux énigmatiques. Vaincu sans combattre, il se libère.

— J'ai besoin de vous parler. Vous seule pourrez me conseiller, me rassurer ou m'accabler…

La *sorcerez* rompt d'une voix autoritaire le flux d'hésitation suivant ces prémisses étranges.

— Vous avez peur, mais vous ne savez pas de quoi ! Je vous ai plusieurs fois affirmé que cette prescience datant d'un demi-siècle est caduque et qu'il est impossible de voir aussi loin dans le futur !

— J'ai oublié ce que je faisais au moment où Erwan Le Kork a été abattu ! Je me souviens être entré dans mon bureau en fin d'après-midi et ensuite, un énorme trou noir ! Ce sont les cris de Nathalie qui m'ont fait reprendre conscience quelque temps plus tard. Je me trouvais à ce moment-là dans cette pièce, assis dans un fauteuil…

La devineresse perçoit des relents d'incertitude dans la dernière phrase de l'aveu, mais préfère les garder pour elle, laissant le confessé continuer.

— Je ne sais pas pourquoi, mais j'étais affolé, alors je suis remonté me réfugier au deuxième étage. Pourquoi ? Est-il concevable que je sois le coupablc ? Je ne me souviens de rien. Aidez-moi !

Chantelle soupire, regardant l'homme qui a joint ses mains en une supplique silencieuse. Il refuse d'admettre qu'aucune prophétie ne perdure cinquante ans, fût-elle énoncée par le talentueux Gwcnarc'h de Châteaulin. Et si, obnubilé par cette prédiction, il l'avait inconsciemment réalisée ?

L'esprit humain comporte des mystères que même la *sorcerez* ignore, mais elle peine à croire en cette hypothèse.

— Est-ce la première fois que vous souffrez de telles absences ?

Joe-Alderic Coeuru se plonge dans une longue réflexion, se massant les tempes du pouce et du majeur.

— Cela a commencé peu de temps après votre dernière visite, à la fin du mois de mai. Il ne s'agissait au début que de petits étourdissements. Je les mettais sur le compte de baisses soudaines de tension. Mon docteur était d'accord avec mon analyse des symptômes. Il m'a prescrit des médicaments. J'ai constaté une amélioration pendant quelques jours, mais les lipothymies – c'est ainsi que mon médecin les a nommées – sont revenues. J'étais sur le point de vous joindre pour obtenir votre avis sur ce sujet.

Chantelle évite de répondre. Elle sait le septuagénaire friand d'autodiagnostic pêché sur différents sites Internet à la fiabilité relative. Il s'est plusieurs fois fâché avec son généraliste lorsque l'homme de l'art osait contester son analyse.

— Persistez-vous à refuser que je vous ausculte par un simple contact physique ?

Joe-Alderic Coeuru recule. Sur son visage s'affiche un mélange d'aversion et d'anxiété.

— Je préfère m'en tenir au verdict de mon médecin, ment le propriétaire des lieux.

Chantelle consulte l'heure sur la tablette numérique.

— Soit ! Je ne veux pas vous forcer. J'ai du travail…

Elle prend la direction de la sortie, mais Coeuru la rappelle.

— Madame Marzin ! Je connais votre amitié avec la lieutenante Rousseau. Toutefois, je vous demande comme un service de ne rien lui répéter du contenu de notre conversation, du moins pour l'instant. Je saurais vous en être reconnaissant le moment venu…

La *sorcerez* va pour répliquer, mais une étrange vibration dans sa poitrine la fait renoncer.

III

Début d'après-midi du jeudi 16 juin 2022
Bords du lac de Tréoualen, Saint-Renan

Main dans la main, Chantelle et Michel se promènent doucement en bordure du lac de Tréoualen, également appelé le lac de la Laverie. D'ici, on aperçoit à peine le faîte du manoir, masqué par les hauts arbres du bois de Tréoualen. Les verres sombres des lunettes de la *sorcerez* ne parviennent pas à dissimuler l'agitation qui affole ses iris. Mais l'écrivain ne cherche pas à presser sa compagne de questions, car il se doute que l'explication viendra tôt. Il repense à sa sortie de fin de matinée et cette prémonition qui l'a effleurée alors qu'il redescendait la rue Saint-Yves. Il avait deviné le mal-être de sa partenaire de vie ! À fréquenter de trop près une *sorcerez*, aurait-il acquis lui aussi quelques dons ?

— Cruel dilemme ! Je ne sais pas comment me comporter. Peut-être pourras-tu me conseiller ?

Michel tente d'afficher un sourire crédible, malgré l'inquiétude qu'il ressent dans la voix de son amante.

— Si tu parles ainsi, c'est qu'il s'agit d'un casse-tête vraiment insoluble. Je suppose que si nous sommes sortis du domaine, c'est que quelque chose là-bas t'empêche de le résoudre.

Une percée dans la fine rangée d'acacias et de ronces qui borde le lac leur permet de s'asseoir face au plan d'eau oblong, le plus petit des cinq de Saint-Renan. D'ici, la berge opposée ne se trouve qu'à une centaine de mètres. Après avoir vérifié que personne ne passe à proximité, Chantelle explique.

— Surtout, ne parle pas de notre escapade, à quiconque ! Tu n'as sans doute pas lu les lignes écrites en caractères microscopiques du contrat de travail que tu as signé vite fait ce matin, mais il y comporte des conditions assez drastiques concernant nos sorties de la propriété. Pour discuter avec toi, je préférais nous débarrasser de cette tablette insidieuse. Je crains qu'elle ne soit équipée de trop grandes oreilles. Malheureusement, je ne peux pas demander à Richard de l'analyser, il est parti en déplacement professionnel pour la semaine avec sa compagne Priscilia.

Michel opine lentement de la tête. Dommage, car ce couple de geeks, férus de codage, de nouvelles technologies et de piratage informatique, a à plusieurs reprises aidé Chantelle dans la résolution d'enquêtes parallèles*. Titillé par leurs doigts agiles, cet engin aurait rapidement révélé tous ses secrets.

— J'ai un problème de conscience vis-à-vis de Laurence.

D'un ton de confession, elle dévoile l'aveu que Joe-Alderic Coeuru lui a livré en fin de matinée.

— Et maintenant, la raison pour laquelle tu hésites à désobéir à cet ordre ? Elle doit être grave…

En réponse, la *sorcerez* prend la main de son compagnon pour la poser sur son sein gauche.

— Quand il m'a certifié qu'il saurait s'en montrer reconnaissant le moment venu, j'ai ressenti ici une étrange palpitation, quelque chose de nouveau pour moi. Rien de physiologique, j'en suis persuadée.

Sous sa paume, Michel perçoit des contractions qu'il traduit comme des signes d'anxiété et de doutes. Il cherche comment réagir. Peut-être en improvisant une réplique adaptée et rassurante, « Ne t'inquiète pas, je te protégerai, ma chérie ! », comme le disent si bien tous ces beaux héros d'une voix convaincante dans les films d'action. Mais l'écrivain n'est pas du genre à parler sans savoir. La protéger de qui, de quoi ? Si même sa *sorcerez*

*Voir entre autres *Brest, scène de crimes*, même collection.

bien-aimée se révèle incapable de lui en apprendre plus, alors que faut-il faire ? Lui proposer la fuite ? Non, car il subodore qu'elle refusera, se sentant investie d'un devoir auprès de cet homme fortuné. D'un sourire engageant, Chantelle brise la carapace d'incertitude qui cherche à s'installer autour du couple. Mais Michel devine que ce n'est qu'un masque.

— Allons-y ! Nous avons du pain sur la planche avec un manoir à entretenir et une enquête à mener !

*

* *

Début d'après-midi du jeudi 16 juin 2022
Bureau de Joe-Alderic Coeuru, Maner ar Treouallen, Saint-Renan

Laurence observe discrètement l'infirmière assise devant elle tout en faisant mine de réordonner ses fiches de notes déjà parfaitement classées. Genoux serrés, le dos droit, la femme lisse le pli de sa jupe sombre et stricte. L'enquêtrice l'imagine habillée en bonne sœur, tunique claire, scapulaire et guimpe, se disant que cette tenue conviendrait tout à fait à Yvonne Kergalen.

— Votre rendez-vous chez l'ophtalmologue s'est bien déroulé ?

La réponse s'accompagne d'une moue pincée.

— Il ne s'agissait que de faire vérifier ma vue qui baisse. L'âge en est la cause. J'aurais apprécié passer chez l'opticien dans la foulée, mais j'y ai renoncé pour obéir à votre consigne de revenir à Tréoualen dès la fin de ma consultation.

Laurence se retient de sourire : celle-ci s'attend-elle à recevoir un bon point pour avoir suivi ses ordres ?

— Depuis quand connaissiez-vous monsieur Le Kork ?

— Cinq ans, répond la soignante sans aucune hésitation. Nous avons pris notre service auprès de madame Coeuru le 18 septembre 2017. Après sa fracture du col du fémur consécutive à une chute en sortant de sa salle de bain, son fils a contacté notre cabinet pour mettre en place un système de surveillance sept jours sur sept et vingt-quatre heures sur vingt-quatre, nécessitant une présence continuelle au manoir. Madame Mesdun et moi étions disponibles pour une telle mission – tout comme moi, Irène n'a ni conjoint ni enfant –, nous nous sommes portées volontaires. Cette date est celle à laquelle nous avons donc commencé notre rotation, une semaine l'une et une semaine l'autre.

Explication claire, nette et précise. L'enquêtrice se demande la raison pour laquelle la date exacte est restée en mémoire de l'infirmière. La lieutenante

Rousseau se souvient parfaitement du jour de sa prise de service dans la gendarmerie, mais peine à retrouver ceux de ses changements d'échelon. Son anniversaire ? Un discret coup d'œil aux fiches étalées sur le massif bureau de Joe-Alderic Coeuru réfute cette hypothèse. Yvonne Kergalen possède peut-être une excellente mémoire des dates, ou elle a révisé, se doutant que la question lui serait posée.

— Votre avis sur cet homme ? L'appréciiez-vous ?

Hochement de tête affirmatif.

— Il se montrait toujours prompt à résoudre les problèmes et à nous aider. Je ne trouve rien à redire à son encontre, et je peux déjà vous garantir qu'il en sera de même pour Irène, ma collègue. Sa disparition représente une grosse perte pour le manoir de monsieur Coeuru.

Laurence note la tournure employée, personnifiant le bâtiment.

— Aviez-vous quelque chose à lui reprocher ?

Le regard froid et distant devient soudain outré, les traits se durcissent.

— Grands dieux, non, absolument rien ! Qu'allez-vous imaginer ? Que je puisse être la coupable ? Vos hommes ont vérifié mes mains et mes vêtements. Je sais déjà qu'ils n'ont pas pu y déceler la moindre trace de poudre, car jamais de ma vie je n'ai tenu d'arme à feu. Ces engins de mort me font horreur ! Je ne comprends pas le plaisir qu'éprouve monsieur Joe-Alderic à conserver cette relique d'une guerre qu'il serait préférable d'oublier, et surtout de s'amuser avec comme un enfant avec son fusil à fléchettes. Erwan prétendait qu'essayer le revolver était nécessaire après le réassemblage de l'objet, mais je ne suis pas persuadée qu'il fût pour cela obligé de gâcher autant de munitions. Par votre métier, vous vous y connaissez forcément plus que moi. Cette contrainte est-elle réelle ?

L'officière de gendarmerie ne prend pas la peine de corriger l'infirmière qui confond revolver et pistolet, de même que beaucoup de gens. Elle confirme toutefois l'erreur sans doute volontaire de l'homme à tout faire, la futilité des tirs et qu'ils doivent être faits avant le nettoyage. Il lui paraît maintenant évident que Le Kork se servait de cette excuse fallacieuse pour s'amuser à faire quelques cartons comme à la fête foraine. Courte hésitation avant de poser la question suivante, se doutant qu'elle risque fort de faire monter Yvonne Kergalen sur ses grands chevaux.

— Je suppose que, depuis que vous travaillez ici, vous avez remarqué que ces essais bruyants se déroulent toujours le troisième mercredi tous les deux mois ?

Contrairement à l'attente de Laurence, la soignante ne prend pas ombrage de cette étrange question, n'y décelant pas la notion de préméditation.

— Non, pas vraiment. Je vous rappelle que je ne suis présente que les semaines paires, ce qui me permet d'échapper à plusieurs de ces assourdissantes manifestations. Mais inutile de consulter le calendrier pour savoir qu'il s'agissait du jour du nettoyage, il suffisait de croiser Erwan dans les couloirs. Son excitation à la perspective d'aller s'amuser avec son joujou maléfique se remarquait dès le matin. Il me faisait alors penser à ces enfants intenables dans la période qui précède la Noël.

Se doutant que cette conversation ne les mènerait à rien, la lieutenante embraye sur ce qui devait être l'ultime question de sa liste.

— Quand et où avez-vous vu monsieur Le Kork pour la dernière fois ?

Pour une fois, Yvonne Kergalen réfléchit quelques secondes avant de répondre.

— J'ai demandé à madame Coeuru de le sonner en début d'après-midi. J'avais peur que, obnubilé par l'idée de son agréable corvée de nettoyage à venir, il n'en oublie l'arrivée de ma collègue et ne la laisse patienter à l'extérieur. Nous nous sommes rencontrés aux environs de 14 heures dans le petit salon de l'aile gauche.

L'enquêtrice remarque le froncement de sourcils de son adjoint, chargé de taper l'interrogatoire sur son ordinateur portable. D'un signe de tête, elle le pousse à poser la question qui le démange.

— Madame Le Kork ne devait-elle pas relayer son mari à ce moment ? Chacun dispose pourtant de sa propre tablette.

Nouvelle période de réflexion prolongée pour la soignante avant qu'elle ne réplique, vexée.

— En effet, je n'y ai pas pensé. Elle est très discrète, et je la vois surtout comme s'occupant de la partie restauration et du service d'entretien, ce qu'elle fait fort bien d'ailleurs. Mais il est tellement inhabituel qu'Irène me remplace en milieu de semaine que j'ai préféré prendre mes précautions. J'ai laissé la charge à Erwan de prévenir Nathalie !

La lieutenante Rousseau juge inutile de poser la question subsidiaire. Si madame Kergalen avait la moindre idée de qui pouvait en vouloir à Erwan Le Kork, elle aurait proposé son hypothèse sans même y avoir été conviée.

Quelques secondes après le départ de l'infirmière, Laurence remarque l'air réservé de Sébastien.

— Je trouve le comportement de ces infirmières vraiment paradoxal. Elles ont quitté une vie probablement très ennuyeuse pour une autre qui doit l'être encore plus, car je suppose que la charge de travail pour s'occuper de Denise Coeuru n'est pas des plus élevées. Leur vie sociale devait être bien triste pour qu'elles acceptent cela…

— Plutôt que des soignantes, Coeuru a embauché une paire de dames de compagnie pour sa mère, rétorque la lieutenante. Je présume que leur employeur les gratifie de généreuses primes qui les aident à supporter ces conditions hors norme. Heureusement pour Coeuru que ces dames ne sont pas syndiquées. Quoiqu'il en soit, cela ne nous avance pas pour notre enquête.

*
* *

Après-midi du jeudi 16 juin 2022
Couloirs du Maner ar Treoualen, Saint-Renan

— Ouch ! Voilà que ça recommence !

Agenouillée dans le couloir du deuxième étage, Chantelle grimace de douleur alors qu'Yvonne Kergalen arrive à son niveau. L'infirmière s'inquiète et propose son aide.

— Je souffre d'un lancinement récurrent dans la cuisse droite. J'évite au possible de me mettre à quatre pattes, mais pour vérifier les prises électriques, j'y suis obligée…

La *sorcerez* attrape la main tendue de la soignante et se redresse, son visage mimant quelques élancements imaginaires.

— Peut-être disposez-vous de crèmes apaisantes pour madame Denise. Car je crains d'avoir encore à me traîner par terre, le temps que je resterai ici en attendant que monsieur Coeuru trouve des remplaçants pour le couple Le Kork.

L'infirmière lance un rapide regard dédaigneux et désintéressé à la jambe que lui montre Chantelle, tout en se frottant énergiquement les mains avec du gel hydroalcoolique tiré d'un flacon sorti de sa poche.

— Le pharmacien de la place Léon-Cheminant vous conseillera mieux que moi et il saura vous fournir un produit adéquat. Envoyez-y votre mari si vous n'avez pas la possibilité d'y aller vous-même. Vous le féliciterez d'ailleurs pour le tournedos qu'il nous a servi ce midi, il était délicieux.

Après cette fin de non-recevoir déguisée en suggestion inutile, elle se retire de sa démarche guindée sans même répondre au « merci beaucoup, madame Kergalen » que Chantelle s'amuse à lui retourner sentencieusement.

*

*   *

Milieu d'après-midi du jeudi 16 juin 2022
Grand salon de la section centrale du Maner ar Treoualen, Saint-Renan

Jean-Marie Maugaron regarde le contenu du bol d'un air suspicieux.

— Ce n'est pas comme d'habitude. On dirait que vous avez ajouté quelque chose…

Avec précaution, il se penche pour sentir le breuvage d'où s'échappe une légère vapeur. Michel Mabec explique.

— J'ai battu le lait avant d'y incorporer le chocolat en poudre mélangé à une pointe de cannelle.

Installés dans les fauteuils du grand salon, Joe-Alderic Coeuru et son gestionnaire de patrimoine s'offrent une pause.

— Maman ne se joint pas à nous ? demande le propriétaire des lieux à son employé temporaire qui prend un air embarrassé.

— Madame Coeuru a décliné la proposition. Elle m'a d'ailleurs ordonné de vous dire qu'elle trouve indécent d'organiser un goûter vingt-quatre heures après le meurtre de monsieur Le Kork.

— Rester le ventre vide ne lui redonnera pas la vie, rétorque Maugaron. Nous avons travaillé tout l'après-midi, à parcourir les dossiers en instance. Je suis comme les Anglais, j'ai besoin de mon *five o'clock tea*. À ce propos, Joe-Alderic, ma secrétaire nous a découvert un couple apte à remplacer les Le Kork. Le seul bémol est qu'ils sont britanniques, avec un français très approximatif…

La moue sceptique de l'écrivain n'échappe pas au gestionnaire qui monte le ton.

— Vous n'êtes pas payé pour donner votre avis ! Monsieur Coeuru parle parfaitement l'anglais. Lorsque j'aurai besoin de vos conseils, je vous sonnerai ! Maintenant, dégagez !

Joe-Alderic Coeuru frappe violemment le bras du fauteuil de sa main ouverte.

— Jean-Marie ! Je suis ici le seul autorisé à tancer mon personnel ! N'oubliez pas que monsieur Mabec n'est pas un vulgaire employé. Michel, vous ne paraissez pas apprécier l'idée d'être remplacé par ce couple d'outre-Manche. Auriez-vous quelque chose contre les habitants de la perfide Albion, ou vos arguments sont-ils tout autres ?

Sans se départir de son calme, le compagnon de Chantelle répond :

— En premier lieu, je pense aux excellentes préparations culinaires que ces Britanniques vont vous concocter. Leur réputation en ce domaine n'est plus à faire, mais peut-être n'est-ce que médisance de ma part…

La grimace du maître des lieux confirme qu'il adhère à cet argument. D'un signe de tête, il indique qu'il attend la suite. Michel se dresse au-dessus du gestionnaire.

— Monsieur Maugaron, je sais que la mission de trouver des remplaçants à Nathalie et Erwan Le Kork est loin d'être aisée et qu'elle sort très probablement de vos attributions. Toutefois, ce n'est pas une raison pour tenter d'imposer le premier choix venu comme une évidence. Si je ne doute point du bilinguisme de monsieur Coeuru, je crains qu'il n'en soit pas de même pour madame Denise.

— OK, j'ai compris ! grogne Jean-Marie Maugaron. Je rappellerai ma secrétaire pour lui dire de poursuivre sa recherche. Cependant, si je peux me permettre, je trouve dommage de ne pas offrir une chance à ces personnes qui me semblaient fort convenables.

En guise de conclusion, il plonge son nez dans le bol de chocolat chaud. Michel se retire, laissant les deux hommes seuls. De retour dans la cuisine, il se rend au passe-plat donnant sur la pièce qu'il vient de quitter, un équipement inutilisable à cause du grand ficus installé devant l'ouverture côté salon. Il soulève discrètement la trappe coulissante, se félicitant d'avoir testé et graissé le mécanisme en début d'après-midi. L'étroite fente lui suffit à entendre distinctement la suite de la conversation entre le gestionnaire et son employeur.

— ...je me méfierais de ce couple, car ils sont très amis avec cette femme officière de gendarmerie.

— Je sais cela, rétorque Joe-Alderic Coeuru. Madame Marzin m'a donné le numéro personnel de la lieutenante Rousseau, me recommandant de l'appeler si quoi que ce soit se passait ici. Elle avait pressenti qu'un drame allait se produire.

— Si elle avait été vraiment douée, elle serait intervenue pour éviter la mort de Le Kork. Elle a trouvé là un bon moyen de vous extorquer encore plus d'argent en se faisant embaucher avec son mari à prix d'or. Vous êtes bien trop naïf, Joe-Alderic !

Une pause, probablement pour permettre au gourmand Maugaron de plonger à nouveau son gros nez dans son bol de chocolat et d'engloutir quelques biscuits supplémentaires. Le maître des lieux en profite pour demander d'un ton amusé.

— Pour quelle raison ne portez-vous aucune confiance à ces deux personnes ? Auriez-vous quelque chose à leur cacher ?

— Non, bien sûr que non !

La réponse a fusé alors que la bouche de l'accusé n'était pas encore vidée. Michel note mentalement qu'un sérieux nettoyage sera nécessaire autour de la place du gestionnaire qui argumente.

— Je n'avais aucun motif de vouloir me débarrasser de votre homme à tout faire. Aussi doué fût-il de ses mains, il était bien incapable de comprendre un livre de comptes, et…

Maugaron réalise soudain qu'il en a sans doute trop dit et cherche à se rattraper.

— De toute manière, tout est en ordre, vous pouvez vérifier.

Un long silence. L'écrivain imagine l'embarras qui assaille ce bavard impénitent, au point de le rendre muet.

— Remettons-nous au travail ! décrète Joe-Alderic Coeuru. Il nous reste beaucoup à faire.

*

* *

Fin d'après-midi du jeudi 16 juin 2022
Jardins du Maner ar Treoualen, Saint-Renan

D'un air désolé, Stéphane Janbrisson plonge sa main armée d'un sécateur dans le massif d'hortensias. Il sélectionne méticuleusement la branche à sectionner avant de serrer les poignées de son outil. Alors qu'il réarrange les fleurs pour combler le trou causé par la coupe, Chantelle s'approche du jardinier qui répond immédiatement au signe de tête interrogatif qu'elle lui adresse.

— Hier, en recherchant l'arme du crime, les gendarmes ont farfouillé sans précautions dans les buissons et ont cassé plusieurs tiges. Alors je préfère retirer les hortensias touchés, sinon ils vont faner et déparer l'harmonie du massif.

Chantelle se retient de pouffer devant les gesticulations maniérées de l'homme. Plaisante-t-il ou est-il réellement très efféminé ?

— J'ai eu de la chance qu'ils ne me déplantent pas les agapanthes que j'ai mises en terre mardi. J'ai eu peur en les voyant tourner autour en grattouillant les mottes. Mais ils ont bien sondé la bande B2 que j'ai retournée avant-hier, des fois que l'assassin y ait enseveli son arme. Savez-vous d'ailleurs si elle a été récupérée ?

La *sorcerez* hausse les épaules, tentant de retrouver à quoi correspondait ce « B2 ». Elle revoit le plan des jardins, et les initiales utilisées pour distinguer chaque parcelle. F pour *Front*, l'avant, et B pour *Back*, l'arrière, là où se situe le pas de tir. Les numéros désignent ensuite le rang de la zone, en commençant par la gauche. Ce mystère résolu, elle répond à la question.

— Pas à ma connaissance, mais ils ne me disent pas tout. Si nous nous tutoyions plutôt ? Je suppose que c'est ce que tu faisais avec Erwan ?

Un petit sourire triste accompagne la réplique.

— Oui, en effet, si tu veux. L'infirmière qui m'a pris en stop ce matin me racontait que vous… que tu es une amie de la lieutenante Rousseau.

Chantelle remarque la lueur d'attirance dans les yeux de Stéphane Janbrisson, devinant que le jardinier apprécierait de conter fleurette à Laurence.

Point d'homosexualité dans son comportement, donc.

— Une belle femme que je ne connais que de loin, mentit-elle avant de s'étonner. Tu fais du stop pour venir ? J'ai pourtant vu ta camionnette dans le hangar tout à l'heure.

— Tu n'as pas encore appris le programme des activités par cœur, sourit le trentenaire. Cependant, tu as dû déjà remarquer qu'ici, tout est réglé comme du papier à musique et que l'on continue à jouer la partition même si l'un des interprètes se fait descendre tel un malpropre. Nous devons donc régulièrement vérifier les frondaisons des arbres de la longue allée pour, au besoin, prévenir la société d'élagage. Je revenais pedibus au moment où l'infirmière rentrait de son rendez-vous. Elle m'a proposé de me raccompagner jusqu'ici.

— Et l'était-il ?

Janbrisson fronce les sourcils, ne comprenant pas l'allusion de la femme à tout faire remplaçante, qui précise :

— Tu as dit « se fait descendre tel un malpropre. » Y a-t-il une sale raison pour que quelqu'un ait décidé d'abattre ainsi Erwan ?

Affolé, le jardinier secoue négativement ses deux mains devant lui.

— Oh ! Non ! Ce n'était qu'une expression idiote, je ne pensais pas à Erwan. D'ailleurs, hormis sur le plan professionnel, je ne sais pas grand-chose de lui. C'est tout moi, ça. Je suis un grand timide et quand je me lance à parler, c'est toujours trop et trop vite, sans réfléchir aux conséquences que mes mots peuvent avoir. Appelle-moi Stéphane Lagaffe !

— Tu connaissais Erwan depuis longtemps ?

Courte période de calcul.

— Un peu plus de six ans. J'ai pris la suite de mon beau-père, le nouveau mari de ma mère, en début d'année 2016. Lui bossait ici depuis plus de vingt ans. Il a vu Erwan arriver avec ses techniques ingénieuses, très planifiées. Au début, cette organisation a affolé beau-papa, mais il s'y est rapidement fait, même s'il regrettait le mode qui existait avant où l'improvisation tenait une large place, ce qui faisait oublier bien des actions.

— Et toi, appréciais-tu cette façon de travailler ?

Après une oscillation évasive, la tête se penche légèrement sur le côté pour réfléchir à la réponse.

— J'appréciais ses idées, mais j'étais parfois énervé par sa trop grande rigueur qui devenait à certains moments trop étouffante pour un créatif comme moi. J'ai suivi une formation de paysagiste. Ici, j'espérais disposer de plus de liberté. Le cadre s'y prête, mais monsieur Coeuru reste très conventionnel dans ses choix. J'ai heureusement d'autres clients plus téméraires, même si leurs jardins sont bien plus petits que celui-ci.

Il sort son téléphone de sa poche arrière pour regarder l'heure.

— J'ai normalement fini ma journée. Tu crois que je peux rentrer chez moi ?

Chantelle sourit en entendant cette question presque enfantine.

— Si tu es déjà passé dans le bureau pour répondre aux interrogations de la jolie lieutenante, et surtout si tu n'avais aucun motif d'assassiner Erwan Le Kork, alors je suppose que rien ne t'empêche de partir, tant que tu ne quittes pas le territoire français.

— Dans ce cas, j'y vais ! S'ils n'ont toujours pas retrouvé l'arme, je vais encore devoir me faire fouiller par les gendarmes qui restent de garde devant le portail. Hier soir, ils ont inspecté ma fourgonnette à fond. Ils l'ont presque démontée, j'ai cru que je ne rentrerais jamais chez moi. Aujourd'hui, ils ont parcouru tout le domaine avec leur détecteur de métaux. J'espère qu'ils n'ont pas piétiné mes plantations, mais j'aimerais bien qu'ils aient déniché la cachette du flingue, ça me permettrait de partir plus vite.

La *sorcerez* tend sa main au jardinier en lui souhaitant une bonne soirée. Il la serre sans aucune hésitation, mais en conservant ses gants de travail…

*

*   *

Soirée du jeudi 16 juin 2022
Bord du lac de la Comiren, Saint-Renan

Le solstice d'été approchant, les journées prennent plaisir à s'étendre dans une agréable douceur. De nombreux coureurs profitent des derniers rayons du soleil pour s'injecter leur dose kilométrique de trottinement autour du lac de la Comiren. Chantelle et Michel s'écartent régulièrement pour laisser la place aux joggers. Le couple est habitué à partager son chemin avec des sportifs plus ou moins aguerris lors de sa promenade dominicale au plan d'eau de Plouvorn. Longueur de pourtour quasiment identique, environ deux kilomètres, et la même hétérogénéité dans la gamme des pratiquants qui les croisent ou qui les doublent. Avisant un banc libre, ils s'assoient et Michel enserre de son bras les épaules de son amante.

— Toujours inquiète ?

— Oui, et énervée par le comportement de Joe-Alderic. Il croit que sa fortune lui donne tous les pouvoirs. Tu as bien fait de l'envoyer sur les roses…

Après le dîner, une fois la table desservie et la salle à manger nettoyée, Chantelle avait indiqué au maître de maison son intention de sortir se détendre avec son compagnon. Mais Coeuru avait refusé, sous prétexte d'une clause dans leur contrat de travail. Celle-ci stipule que, sauf cas d'urgence absolue, les deux membres du couple ne peuvent s'absenter du *Maner ar Treoualen* en même temps. Jean-Marie Maugaron avait été prêt à courir chercher un exemplaire dudit contrat pour confirmer cette affirmation. Michel avait alors calmement retiré son tablier pour le remettre au gestionnaire, lui signalant qu'étant donné qu'il cessait séance tenante sa période d'essai, ce serait à lui de s'occuper de la tambouille et de toutes les corvées attenantes. Chantelle avait adouci le ton en indiquant qu'elle resterait joignable sur son téléphone en cas d'extrême nécessité. Coincé, Joe-Alderic Coeuru avait finalement accordé cette sortie à ses employés réfractaires.

— Sais-tu si Laurence a noté la conversation entre Maugaron et Coeuru, et surtout la possibilité que cet homme de confiance ne soit pas si "de confiance" que ça ?

— Oui, mais je lui ai demandé d'attendre avant de lâcher ses collègues spécialisés en chiffres dans les livres de comptes de l'administrateur. J'aimerais beaucoup analyser l'individu au préalable, mais il est très habile à m'éviter.

Michel ricane.

— Avec lui, inutile de tenter la même manœuvre qu'avec l'infirmière. Il n'est pas du genre à porter secours à son prochain et, s'il le faisait, il te roulerait dessus tant son surpoids le déséquilibre. Qu'a-t-il raconté lors de son interrogatoire ?

Chantelle rapporte le résumé que lui a transmis la lieutenante Laurence Rousseau avant de partir à l'institut médico-légal assister à l'autopsie de la victime. Ainsi, le jour du meurtre, le gestionnaire est arrivé aux environs de 16 heures au manoir, en provenance de Rennes. Il est comme d'habitude monté chercher tous les nouveaux papiers et documents dans le bureau de son employeur. Puis il est immédiatement retourné dans sa chambre pour les classer, un rituel immuable qu'il répète à chacun de ses passages à Saint-Renan. À 17 h 15 très exactement, il a sonné Erwan Le Kork qui effectuait sa fausse corvée de nettoyage du Luger. Dix minutes plus tard, n'ayant pas obtenu satisfaction, il a rappelé. Erwan a alors répondu. Maugaron a raconté qu'il s'agissait d'un problème d'accès à Internet depuis ses appartements, problème que l'homme à tout faire a résolu. Sur son carnet de bord numérique, Erwan a seulement indiqué « *Switch on commut TV JMM* ». Le gendarme Sébastien Jodoin a recherché dans l'historique des actions et a plusieurs fois rencontré ce libellé, ainsi que son inverse avec « *Switch off* », ces manipulations cadrant toujours avec une visite de Maugaron. Ce dernier a aussi précisé que Le Kork s'était excusé de ne pas être intervenu plus tôt, ayant les mains trop pleines de graisse pour pouvoir utiliser la tablette tactile.

Laurence a alors demandé au gestionnaire s'il savait qu'après le nettoyage de l'arme, Erwan effectuait une séance de tir. Réponse affirmative, sans commentaire, ce qui étonne Michel. Sa courte fréquentation de Maugaron lui a permis de remarquer la tendance de l'homme aux ronchonnements contre tout ce qui l'indispose. Le travail sur des papiers comptables est une opération qui réclame calme et concentration, incompatible avec ces coups de feu répétitifs sous ses fenêtres, même équipées de triple vitrage.

— OK, rien n'est clair pour lui, conclut l'écrivain. Il faut imaginer un scénario pour que tu puisses aller poser tes mains délicates sur la peau grasse de cet individu afin d'en découvrir plus sur lui. Et du côté du jardinier ?

Chantelle relate alors les différentes activités de Stéphane Janbrisson qui avait ce jour œuvré uniquement sur l'avant du bâtiment.

— Le mardi, Le Kork savait déjà que, le lendemain, il s'occuperait du Luger. Il a demandé à avancer le bêchage d'une zone située dans le secteur dit « B », ce qui signifie qu'elle se trouve à l'arrière du manoir. Stéphane était donc prévenu du nettoyage et de l'essai de l'arme. Lorsqu'il m'a serré la main avant de partir tout à l'heure, j'ai pu ressentir certaines choses malgré ses épais gants de jardinage, mais pas autant que j'escomptais…

— Un motif ?

Mais le haussement d'épaules évasif de sa compagne réduit ses espérances à néant.

— C'est ce sur quoi j'ai orienté mes recherches. Janbrisson a quelque chose à reprocher à Erwan. Je perçois plus son ressentiment comme un dégoût que comme une haine. Mais, aussi intense soit-elle, je n'imagine pas que cette déception ait pu le pousser au meurtre. Toutefois, la nature humaine sait parfois désagréablement nous surprendre, nous l'avons déjà constaté à de multiples reprises…

— Les infirmières ? tente alors Michel, qui s'efforce sans succès de cacher l'espoir dans la voix.

— Yvonne Kergalen n'a pas la conscience tranquille. Je l'ai bien ressenti lorsqu'elle m'a aidée à me relever quand elle sortait de l'interrogatoire.

— En complicité avec sa collègue ? Une association de malfaitrices en blouse blanche ?

La tête de Chantelle oscille doucement, alors qu'elle essaie une nouvelle interprétation des sensations perçues en fin de matinée.

— C'est fort possible. J'ai deviné une connexion assez forte entre les deux femmes, même si je n'ai pas pu entrer en contact tactile avec Irène Mesdun. Mais où placer Erwan Le Kork dans cette équation, et quelle raison auraient-elles eu de l'éliminer ? Je ne le sais pas encore…

— Reste notre employeur qui n'apprécie pas nos escapades lacustres à deux. Rien de plus à son sujet ?

La *sorcerez* hoche négativement la tête.

— Toujours la même impression, et je ne parviens pas à me résoudre à cafter auprès de Laurence. Rentrons maintenant, je commence à avoir froid ! ajoute-t-elle pour clore ce sujet qui l'indispose.

IV

Matin du vendredi 17 juin 2022

Salle à manger, rez-de-chaussée de la section centrale du Maner ar Treoualen, Saint-Renan

— Quel est le programme pour aujourd'hui, lieutenante Rousseau ? demande Denise Coeuru après avoir reposé sa tasse de thé fumant sur la table du petit-déjeuner.

— Oh ! éructe Jean-Marie Maugaron, la bouche pleine, crachotant au passage moult miettes de croissant qu'il n'avait pas encore avalées. On se croirait maintenant dans une colonie de vacances. Nous sommes les mouflets et les gendarmes sont les moniteurs qui décident de nos activités de la journée. Alors, cheffe ! Piscine ou balle au prisonnier ?

Content de sa répartie, il s'esclaffe avant de se resservir en viennoiserie, tandis que Michel rapporte la cafetière pour remplir le récipient de Laurence.

— Où avez-vous acheté vos croissants ? Il faudra absolument donner l'adresse à vos successeurs, parce qu'ils sont rudement bons !

— Je les confectionne moi-même, déclare l'écrivain. Je profite de l'équipement, la cuisine du manoir en est fort bien pourvue.

Il jette un coup d'œil rapide sur la table et, constatant que rien ne manque, il se retire. La lieutenante répond à la question posée par la mère du propriétaire des lieux.

— Parmi les personnes présentes lors de l'assassinat, il m'en reste trois à entendre. Vous, monsieur Coeuru, madame Irène Mesdun et madame veuve Le Kork. J'attends également la venue du frère et de la belle-sœur de la victime, qui ont finalement accepté de témoigner ici plutôt qu'à la gendarmerie.

La lieutenante remarque le regard intéressé de Joe-Alderic Coeuru lorsqu'elle donne cette dernière précision. L'infirmière Yvonne Kergalen s'étonne.

— Je croyais que Nathalie devait dorénavant partager la table avec nous, et je ne la vois pas.

— Elle ne parvient pas à s'y résoudre, intervient le maître du manoir. Elle préfère donc demeurer dans la cuisine avec monsieur Mabec et madame Marzin, qui m'a prévenu de cet état de fait.

Laurence se retient de sourire, attrapant la dernière viennoiserie dans le plat, sous le regard courroucé du gestionnaire qui lorgnait dessus depuis un certain temps. Elle espère que la *sorcerez* pourra tirer quelques renseignements de son petit-déjeuner avec la femme de la victime. En attendant, elle profite du croissant croustillant à souhait. Mais la mère du propriétaire des lieux gâche son plaisir par son étrange requête.

— Pour quelle raison ne suis-je pas également entendue ? Mon grand âge et mon fauteuil roulant m'offriraient-ils un passe-droit ? Dans ce cas, je le refuse et j'exige d'être traitée comme tout le monde ici !

L'enquêtrice ne cherche pas à expliquer cet oubli volontaire ni à tergiverser. L'intonation de la revendication lui permet de comprendre que la nonagénaire sollicite discrètement une rencontre entre quatre yeux.

— Parfait ! Je n'osais pas vous le demander, mais puisque vous le proposez… Je vous ferai donc appeler après avoir interrogé madame Le Kork.

L'acquiescement d'un signe de tête de Denise Coeuru clôt la discussion.

*

* *

Matin du vendredi 17 juin 2022
Cuisine, rez-de-chaussée de la section centrale du Maner ar Treoualen, Saint-Renan

Lorsque Michel regagne la cuisine après avoir resservi la tablée dans la salle à manger, Chantelle remarque son air agacé.

— Monsieur Maugaron continue à te faire des misères ? plaisante-t-elle avec un clin d'œil. Il en faut pourtant beaucoup pour te mettre hors de toi de la sorte…

D'un signe de tête, l'écrivain indique Nathalie Le Kork à sa compagne, faisant semblant d'hésiter à parler en sa présence.

— Nathalie n'apprécie pas plus que toi cet homme. Je crois même deviner quelques gestes ou remarques déplacés à son égard.

La veuve opine, les yeux dans le vague.

— Je me méfie de lui, je n'aime pas son regard sur moi. Je porte toujours un chemisier et un pantalon noir pour le service à la salle à manger. Ordre de monsieur Coeuru auquel je n'oserais pas déroger, et ceci me convient très bien. Mais pour le ménage, quand il fait très chaud, je m'autorise un bermuda et un haut sans col, ainsi que des chaussures souples, plus confortables pour les efforts physiques. Le mois dernier, il y a eu quelques jours où le thermomètre a dépassé les vingt-cinq degrés dans les pièces exposées au sud. Monsieur Maugaron était présent au manoir et il m'a croisée dans les couloirs alors que je portais cette tenue allégée. Il a fait demi-tour pour revenir dans sa chambre dont je m'occupais. Il faisait semblant de chercher un dossier dans sa sacoche et les tiroirs de son bureau tout en me reluquant avec insistance, les jambes et aussi le… J'ai repensé à cet homme politique qui s'est fait arrêter à New York pour avoir abusé d'une femme de service de l'hôtel qui faisait son lit. Alors j'ai bâclé mon travail pour ressortir au plus vite de là tellement j'avais peur en voyant son regard lubrique sur moi.

— Tu en as parlé à Erwan ? demande Michel dans l'espoir d'une piste.

— Bien sûr ! Mais il m'a d'abord répondu que je me faisais des idées, avant de me conseiller de ne pas m'approcher trop près de lui et surtout de ne plus porter mon bermuda quand il était présent. J'aurais plutôt voulu qu'il attrape ce gros cochon par le col de sa chemise dégoûtante et qu'il le secoue un peu, mais il craignait des réprimandes de monsieur Coeuru.

Chantelle exagère une moue déçue.

— Moi, il ne m'a jamais reluquée. Mon cul n'est pas à son goût, ou mon grand âge doit en être la cause…

Nathalie Le Kork sourit enfin, amusée par cette feinte.

— Tu as de très jolies courbes. S'il ne t'approche pas, c'est parce que tu es une *gwarc'h*. Même s'il refuse de l'avouer, il y croit et il a peur de toi.

Michel intervient d'un ton étonné.

— Si je ne me trompe pas, le mot *gwarc'h* signifie en premier lieu une femme vieille et surtout très laide. Son utilisation pour désigner une sorcière découle de là.

La veuve s'affole en regardant Chantelle.

— Oh ! Excuse-moi ! Je ne voulais pas te vexer ni t'insulter, tu es vraiment très jolie. C'est ma grand-mère qui employait ce terme. Sa meilleure amie d'enfance était comme toi, avec des yeux étranges, capable de lire dans les esprits et de voir l'avenir. Elle savait aussi utiliser des plantes ou des racines pour soigner.

La *sorcerez* note intérieurement que la quadragénaire connaît en partie les facultés dont elle dispose. Affichant un sourire rassurant, elle tente de minimiser ses pouvoirs aux yeux de cette suspecte potentielle.

— Pour ma part, je n'ai pas le talent de lecture dans les pensées. Et je n'ai du futur qu'une vision floue, tellement floue que je n'y ai même pas vu l'assassinat de ton mari. Mais, d'après toi, Maugaron aurait-il des choses à nous cacher, peut-être en liaison avec ce meurtre ?

La question en rapport avec le temps d'avant vient tirer le voile de tristesse devant les yeux de la veuve.

— Erwan semblait penser que… Je ne sais pas exactement quoi, il ne m'a pas expliqué. Je crois qu'il a vu ou entendu quelque chose qui pourrait nous être utile. Mais il n'a rien précisé, comme d'habitude : « Plus tard », disait-il. Cette fois, c'est "trop tard" !

Quelque chose dans la réponse fait tiquer la *sorcerez*, mais un signal sur les tablettes interrompt la conversation. Michel montre l'image à Nathalie Le Kork.

— Ronan, le frère aîné d'Erwan. Il est avec sa femme Geneviève.

*

*   *

Matinée du vendredi 17 juin 2022
Hall du Maner ar Treoualen, Saint-Renan

Sortie accueillir les arrivants en compagnie du gendarme Jodoin, Chantelle remarque que leur voiture se rend directement sous le hangar réservé aux employés de maison. Ce second couple Le Kork est en effet habitué à venir travailler ici, remplaçant Erwan et Nathalie les dimanches et pendant leurs congés. La *sorcerez* évalue rapidement le duo qui les rejoint : elle devant, menant le bal ! La belle-sœur de la victime observe Chantelle d'un œil inquisiteur. Saluts de la tête sans échanges de poignées de main, les recommandations de la Covid 19 demeurent en vigueur ! Ils ont d'ailleurs tous deux déjà enfilé leur masque FFP2.

— La lieutenante Rousseau désire entendre monsieur Le Kork en premier ! indique Sébastien. Madame, vous patienterez en compagnie de madame Marzin.

— Pourquoi ne passe-t-on pas ensemble ? s'offusque l'épouse. Nous perdrions moins de temps pour des résultats parfaitement identiques.

— Ce sont les ordres, Madame ! Si vous souhaitez en discuter avec ma supérieure, je peux vous mener à elle, mais je vous assure que vous gaspillerez plusieurs minutes à tergiverser. Je vous conseille plutôt d'attendre tranquillement votre tour pour que la procédure se déroule plus rapidement.

Geneviève Le Kork lance un regard mauvais au gendarme avant de prévenir son mari.

— Bien ! Vas-y ! Mais fais très attention à ce que tu diras. Ne nous mets pas dans l'embarras en racontant n'importe quoi !

Une fois les deux hommes partis, elle se tourne vers Chantelle.

— Et vous, vous êtes la remplaçante ? Si vous voulez un bon conseil, filez ! Abandonnez ce poste qui ne vous mènera nulle part. Joe-Alderic Coeuru est une sangsue capitaliste. Il aspire la sève vitale de ses employés et les soumet à tous ses caprices de gamin trop gâté par l'argent.

La *sorcerez* perçoit la condescendance et

l'autorité mêlées dans le ton de la femme. Son bon conseil est à prendre comme un ordre à ne surtout pas discuter. Elle décide de jouer à l'idiote de service en souriant benoîtement.

— Nous, on ne doit rester ici que jusqu'à ce que monsieur Maugaron trouve du monde pour remplacer ceux qui travaillaient là avant.

Geneviève lève les yeux, cherchant dans sa mémoire.

— Maugaron, Maugaron... Le petit gros, conseiller en trésorerie, ou quelque chose de la sorte ? Pingre comme un Écossais avec l'argent qui n'est pas le sien.

Chantelle pouffe.

— On devine que vous n'êtes pas originaire du coin, vous.

— Et pourquoi donc ? réagit la femme d'un ton agressif, se sentant accusée par cette affirmation sans conséquence.

— Une Bretonne, elle aurait dit quelque chose du genre « Oh ! Ç'ui-là, il a des oursins dans la poche comme un Léonard, ou comme un Bigouden. »

La *sorcerez* s'est amusée à forcer sur l'accent brestois, déclenchant une grimace de dégoût sur le visage de son interlocutrice.

— Eh bien, non ! Je ne suis pas Bretonne, mais Viennoise. Et même Poitevine pour vous fournir plus de précisions, si ces gentilés signifient quelque chose pour vous, ajoute-t-elle avec un regard méprisant envers la remplaçante. Poitevine, fière de l'être et très heureuse de rentrer bientôt chez moi !

— Ah ! Vous quittez la région ? s'intéresse Chantelle, ressentant une titillation à l'annonce de cette nouvelle.

— Oui ! Nous déménageons le mois prochain pour ce que l'on nomme maintenant la Nouvelle-Aquitaine. J'ai enfin pu obtenir ma mutation pour aller exercer mon art de professeure des écoles sous les cieux plus cléments de ma ville de naissance !

Elle regarde nerveusement sa montre en soupirant avant de reprendre.

— Et Coeuru accepte que vous restiez là à me tenir compagnie ? Vous ne me ferez pas croire que vous avez accompli toutes les corvées du jour, les courses pour le déjeuner, les chambres, le ménage et j'en passe… Il attrapait sans cesse Ronan lorsqu'il trouvait mon mari sans activité. « Erwan vous a laissé une liste d'actes à réaliser, des petits bricolages dans vos cordes ! Ne demeurez pas les bras ballants, je ne vous paye pas à ne rien faire ! » Mais tout cela est fini !

Chantelle acquiesce, affichant toujours un sourire niais. Comme elle l'avait prévu, son choix de passer pour une idiote a poussé la belle-sœur à soliloquer sans crainte.

— Rentrons, nous serons mieux assises pour patienter ! Pourquoi ne nous installons-nous pas au salon ? Profitons des biens du profiteur, en espérant que les prochaines élections permettent enfin d'en venir à un régime de partage équitable des avoirs entre tout le peuple français !

— Le salon est occupé par monsieur Coeuru et monsieur Maugaron, s'affole Chantelle. Ils y travaillent. Le gendarme m'a dit qu'on ne pouvait aller que dans l'entrée pour l'attendre. Il ne veut pas courir partout pour nous trouver. Le manoir est grand et il ne connaît pas tous les recoins.

Geneviève Le Kork regarde d'un air dégoûté cette servante qui répète mot pour mot les ordres de la maréchaussée. Les deux femmes pénètrent dans le bâtiment et s'assoient sur la confortable banquette du hall.

*

* *

Matinée du vendredi 17 juin 2022
Bureau de Joe-Alderic Coeuru, Maner ar Treoualen, Saint-Renan

Ronan Le Kork s'agite sur sa chaise tandis que la lieutenante rejoue sa scène favorite dans laquelle

elle fait mine de réarranger sa paperasse sans s'occuper de son interlocuteur afin de le faire mitonner, espérant qu'il laisse involontairement transparaître quantité de renseignements sur son état d'âme. Après une longue consultation de sa fiche, elle lève enfin les yeux sur lui.

— Bien ! Monsieur Le Kork, vous êtes donc le frère aîné d'Erwan. Comme je l'ai indiqué par téléphone à votre épouse, si je vous ai demandé de vous rendre ici plutôt qu'à la gendarmerie pour éclaircir quelques points, c'est parce qu'il est plus que probable que l'assassin de votre frère se trouve entre ces murs. Avez-vous une idée de son identité ? Quelque chose qu'aurait pu vous dire Erwan, par exemple…

Comprenant qu'une réponse est attendue, Ronan écarquille les yeux en espérant qu'un indice apparaisse au-dessus de cette femme si impressionnante dans son uniforme immaculé. Mais rien ne vient, alors il secoue la tête.

— Ben non. Il me disait surtout ce que je devais faire les jours où il n'était pas là. Les gens, il n'en parlait pas. Erwan n'était pas du genre à me livrer ses petits secrets, il avait trop peur que je les cafte à Gene, et il avait bien raison. Elle devine tout de suite quand j'ai quelque chose à lui cacher et elle connaît plein de moyens pour que je lui répète. C'est parce qu'elle est institutrice… enfin non, il faut dire professeure des écoles, sinon elle se fâche. Avec les gamins, elle a l'habitude de repérer ceux qui ont fait une bêtise et de les amener à avouer, rien qu'en les fixant dans les yeux.

Laurence hésite sur la tactique à adopter devant cet homme à l'âme d'enfant, certainement peu enclin à prendre seul des décisions. Rester impassible en le dévisageant, au risque de l'affoler, ou lui offrir un sourire apaisant pour le détendre et qu'il s'ouvre à elle ? Craignant une crise d'angoisse, elle choisit la seconde option.

— Vous remplaciez votre frère pendant ses vacances estivales. Il vous est donc arrivé d'entrer en contact avec messieurs Maugaron et Janbrisson, ainsi qu'avec les deux infirmières de madame Coeuru. Que pensez-vous de ces personnes ?

— Oh ! Je les ai très peu fréquentées. Monsieur Maugaron, c'est lui qui s'occupe des sous ? Gene ne l'aime pas, elle dit qu'il a le regard vicieux. Moi, je le surnomme monsieur « au prix où l'on vous paye », il répète ça sans arrêt.

L'enquêtrice jette un coup d'œil discret sur les fiches de salaire de ces deux employés. En effet, la journée de travail dominical est chèrement rémunérée. Ronan Le Kork poursuit.

— Il ne me cassait pas trop les pieds, hormis sa télé qui doit être branchée quand il arrive. Mais il ne vient jamais le week-end et pas souvent l'été.

Se souvenant de l'indication « *Switch commut TV on* », Sébastien Jodoin demande s'il y a un rapport, obtenant une confirmation immédiate.

— Le domaine est câblé, pour la télé et pour Internet. Il y a un tableau de commutation dans les placards de la cave et des répéteurs de signal dissimulés un peu partout. La chambre de Maugaron est la seule équipée d'un grand écran qui réclame du haut débit dans l'aile droite. Quand il n'est pas là, on coupe l'alimentation des boîtiers intermédiaires parce que, même avec le poste éteint, ils bouffent beaucoup de bande passante et font *freezer* les autres appareils du manoir. L'image se bloque parfois quelques secondes, c'est désagréable. Erwan s'amusait à toujours laisser monsieur Maugaron attendre avant de relancer le circuit pour le punir d'être aussi chiant avec lui. Il m'a commandé de faire pareil rien que pour l'embêter en lui faisant croire que le réseau met plusieurs minutes à s'établir.

Le chapitre “gestionnaire” étant terminé, Ronan passe au jardinier.

— Stéphane est sympa et très doué dans sa partie. Il est capable de faire sortir n'importe quoi de terre. Il m'a donné plein de conseils pour notre terrain à Guilers. J'y ai mis en place un super-potager. Ça me fait mal au cœur de devoir l'abandonner…

— Et pourquoi donc ?

— Nous déménageons bientôt à Poitiers. Ma femme a obtenu sa mutation. Et elle m'a déjà trouvé un poste en CDI au Futuroscope. Ils ont besoin de gars avec mes compétences pour la maintenance, comme ils disent. Mais ça, je ne sais pas si j'avais le droit de vous le répéter…

« Trop tard », pense le gendarme Jodoin en tapant le témoignage. Cette information n'est pas tombée dans l'oreille d'une sourde.

— Pour les infirmières, je ne les voyais pas beaucoup non plus. Celle qui travaille reste le plus souvent dans l'aile gauche avec la mère de monsieur Coeuru, ou bien ces dames sortent en promenade dans le jardin, mais ce n'est pas pour papoter avec les domestiques. Le dimanche, j'assistais surtout au relais en fin d'après-midi. Une qui revient et une qui s'en va, un petit échange rapide sur l'état de santé de la patiente et c'est reparti pour une nouvelle semaine de boulot ou de vacances. Geneviève vous en dira plus sur elles, car c'est ma femme qui s'occupait des chambres, de la cuisine et du service à table. Moi, je n'avais droit d'entrer dans la salle à manger que pour réparer un pied de chaise ou remplacer une ampoule. Après tout, je suis heureux que ce contrat s'arrête, même si je ne crache pas sur la somme rondelette que ça nous a rapportée. En petite fourmi, Gene a tout mis de côté, un joli montant qui nous aidera pour notre installation à Poitiers.

*
* *

Matinée du vendredi 17 juin 2022
Hall du Maner ar Treoualen, Saint-Renan

Accompagné de Sébastien Jodoin, Ronan Le Kork redescend le grand escalier, sentant sur lui le poids du regard inquiet de son épouse. Mais il ne croit pas avoir gaffé en racontant n'importe quoi. « S'empêtrer dans ses élucubrations », comme elle dit souvent lorsqu'il émet des hypothèses à partir de fait d'actualités. Sans un mot, Geneviève suit le gendarme pour gagner le bureau du deuxième étage. Chantelle abandonne alors son masque d'idiote de service avant de se tourner vers l'homme.

— Tout s'est bien passé ? Pas trop stressant comme situation ?

La mimique et l'inclinaison de la tête du frère aîné de la victime traduisent sa déception.

— J'aurais aimé pouvoir apporter plus d'informations aux enquêteurs pour qu'ils découvrent qui a tiré sur Erwan, mais il ne me disait jamais grand-chose, hormis les différentes tâches à effectuer ici. Je crois que Nathalie était plus bavarde avec Gene, mais elle ne me répétait jamais rien. J'imagine donc qu'il ne s'agissait que de trucs de filles…

Chantelle affiche un petit sourire entendu, se

demandant bien ce que cet homme considère être des « trucs de filles ».

Elle change de sujet en surveillant les réactions de son interlocuteur.

— Il paraît que vous quittez bientôt la Bretagne. Une décision commune ?

Grimace derrière le masque, rapidement effacée par une couche de résignation.

— Geneviève voulait absolument retourner dans sa région d'origine, même si elle n'a plus beaucoup de lien par là, quelques cousins germains dont elle se souvient à peine des prénoms. Mais elle en rêve depuis longtemps. Quand elle a appris sa mutation, elle a immédiatement envoyé mon CV à toutes les boîtes du coin pour me trouver un emploi, sans rien me dire. Je me suis retrouvé un matin à faire un entretien d'embauche en vidéo avec le grand parc d'attractions de la ville, une place en or, paraît-il. Ce n'est pas que ça me fasse plaisir, mais si je veux conserver mon couple…

La porte du grand salon s'ouvre, laissant passer Jean-Marie Maugaron qui ignore superbement Ronan Le Kork et gagne le couloir menant à l'aile droite. Joe-Alderic Coeuru le suit de près.

— Ronan, je suis très content de vous voir. En tout premier lieu, recevez toutes mes condoléances ainsi que celles de ma mère pour le décès de votre frère. Il nous manquera beaucoup ! Et, justement, si vous vouliez bien venir discuter quelques minutes avec moi…

Chantelle remarque sur le visage de Ronan les signes trahissant son affolement. Sa chère et tendre épouse lui aurait-elle interdit d'aller bavarder avec son ex-employeur ? Pour s'amuser, elle tente une feinte.

— La lieutenante m'a demandé de rester en compagnie de monsieur Le Kork jusqu'à ce que sa femme revienne.

— Madame Marzin, je présume que vous avez plus urgent à faire ! Il y a mille petites tâches à réaliser dans ce manoir ! Venez, Ronan !

Sans résister, le frère de la victime suit le maître de maison qui referme la porte derrière lui, sans remarquer le sourire ironique de la *sorcerez*.

*
* *

Milieu de matinée du vendredi 17 juin 2022
Grand salon de la section centrale du Maner ar Treoualen, Saint-Renan

Vibration du téléphone. Michel consulte le message. « *La voix que tu ne connais pas est celle de Ronan, le frère d'Erwan.* » Le cuisinier grommelle. « C'est bien gentil de jouer aux espions, mais j'ai ma tambouille à préparer et il me reste encore les chambres à faire, moi ! » Par le passe-plat entrouvert, il entend parfaitement les deux hommes qui s'installent au salon, remarquant au passage le ton flagorneur qu'emploie soudain le maître des lieux.

— Vous comprenez la situation catastrophique où me laisse le décès de votre frère. J'ai toujours été fort satisfait de vos remplacements. Avec Geneviève, votre épouse, vous formez le couple idéal pour reprendre la place. Vous connaissez l'endroit et les habitudes du manoir. Voici le salaire annuel que je vous propose.

Une pause, durant laquelle Joe-Alderic Coeuru inscrit probablement le montant sur une feuille qu'il présente à Ronan Le Kork.

— Chacun ?

La flagornerie s'effrite soudain.

— Non, soyons raisonnables ! Nul ne peut vous offrir un tel salaire !

Le « ah » en retour est chargé de déception. Nouvelle tentative du propriétaire du manoir.

— Monsieur Maugaron acceptera sans doute un petit bonus, mais il ne faut pas non plus être trop gourmand !

— Ne vous embêtez pas à lui demander, Geneviève ne voudra jamais. Je me permettrais même de vous déconseiller de lui en parler, quel que soit le chiffre que vous inscrirez sur votre papier. Maintenant, je préfère retourner l'attendre dans le hall.

Le bruit de la porte du salon concorde avec celui de la porte battante de la cuisine. Michel tente de refermer la trappe en urgence, mais elle se bloque à mi-chemin. Il attrape alors un cageot chargé de légumes posé à côté de lui quand Jean-Marie Maugaron apparaît, rouge de colère.

— Monsieur Mabec ! Il est pratiquement 11 heures et vous n'avez pas encore fait ma chambre ! Qu'est-ce que vous foutez ?

Le regard du gestionnaire se tourne vers le passe-plat…

*
* *

Fin de matinée du vendredi 17 juin 2022

Chambre de Jean-Marie Maugaron, premier étage de l'aile droite du Maner ar Treoualen, Saint-Renan

Chantelle et Michel tirent sur le drap-housse pour le tendre au maximum, sous le regard de Nathalie Le Kork, mi-amusée, mi-nostalgique.

— Erwan n'a jamais proposé de m'aider. À deux, c'est plus simple et plus agréable. Vous semblez habitués à le faire ensemble.

— Aussi souvent que possible. J'ai la chance d'être tombé sur un conjoint qui accepte le partage des tâches ménagères.

— Je suppose que monsieur Maugaron est célibataire. Sa piaule est un vrai foutoir ! grogne l'écrivain en ramassant une chaussette sale balancée au milieu de la pièce.

— Divorcé, deux fois, répond la veuve en grimaçant. Rien d'étonnant quand on voit la manière dont il se comporte. Aucune femme sensée ne doit pouvoir le supporter plus de quelques mois.

En s'arrangeant pour que Nathalie le remarque, Chantelle adresse un clin d'œil polisson à son compagnon.

— Mon chéri, je ne te connaissais pas un tel organe !

Puis, constatant le rougissement attendu sur les joues de la quadragénaire, elle complète.

— Je parlais de sa voix, bien entendu. Pour le reste, je le connais très bien. Tout à l'heure, je crois que l'on a pu t'entendre d'un bout à l'autre du manoir. Même les fantômes ont dû en frémir.

— J'ai dû improviser dans l'urgence, en voyant le gestionnaire regarder derrière moi. Plutôt que de me défendre, j'ai choisi d'attaquer directement. Ses groles dégoûtantes m'ont donné un argument pour pouvoir pousser ma belle gueulante, ce qui a immédiatement attiré Coeuru, comme je l'espérais. J'ai sommé ce gros porc de Maugaron de sortir de ma cuisine où il n'avait rien à faire, surtout avec ses chaussures répugnantes et le crâne à l'air, à semer des cheveux gras et des pellicules sur mes outils de travail. Je l'ai vu blêmir lorsque j'avançais vers lui les poings serrés. J'ai même eu peur qu'il ne fasse un arrêt cardiaque tant il a eu la frousse. Coeuru est intervenu. Il a ordonné à Maugaron de dégager et qu'on allait s'occuper de sa chambre avant la fin de la matinée. Aucun des deux n'a osé me reprocher quoi que ce soit.

La moue de Nathalie Le Kork trahit son état d'esprit envers le gestionnaire, un pincement de lèvres en forme de « bien fait pour lui ! »

*

*   *

Vendredi 17 juin 2022, heure du déjeuner
Jardins du Maner ar Treoualen, Saint-Renan

Pique-nique improvisé dans les jardins du manoir. Installés sur un banc dans la cour arrière du bâtiment, Chantelle, Laurence et Sébastien profitent de la pause méridienne pour échanger et surtout pour fuir la tension palpable dans la grande salle à manger. Le gros appétit de Jean-Marie Maugaron l'a poussé à venir s'asseoir à table en dépit de ses dissensions avec le cuisinier. L'enquêtrice raconte ses dernières entrevues avec les suspects avant de résumer l'autopsie et le récent rapport fourni par les TIC. Ceux-ci n'ont toujours pas retrouvé l'arme du crime, malgré leurs intenses fouilles dans le manoir et ses extérieurs. Et les balles extraites du corps de la victime étaient bien du calibre 9 mm, comme celles de la boîte de munitions posée sur l'établi dans l'atelier de Le Kork.

— Bien sûr, ils ne se sont pas enfoncés très loin dans les sous-bois. Un spécialiste en pistage a pu déterminer que personne n'avait pénétré ces espaces depuis plusieurs semaines. Par conséquent, ils n'ont recherché le Luger qu'à une distance correspondant à celle que l'on peut atteindre en le lançant depuis l'allée principale. Je suis donc obligée de laisser deux gars en surveillance à la porte pour fouiller les véhicules et les personnes sortant du domaine. Bref, je galère, et le capitaine Cassini commence à se prendre des remontrances de la part de ses supérieurs.

La moue contrite de Chantelle ne ravive pas l'optimisme de Laurence.

— Je crains de ne pas pouvoir t'aider beaucoup dans cette enquête, maugrée la *sorcerez*. Le *Maner ar Treoualen* refuse de me livrer ses secrets…

La lieutenante fixe son amie dans les yeux. Les reflets colorés s'agitent derrière le gris acier des iris. Devinant la question sous-jacente, Chantelle répond.

— Non, rien à voir avec ce qui s'est produit à Ouessant*. Mes pouvoirs sont toujours actifs, mais ni les murs ni le sol ne me transmettent de vibrations pour me raconter les événements et les émotions qui se sont croisés ici.

L'enquêtrice hésite sur la façon de réagir : compatir ou ironiser, en prévenant son amie que la BR** brestoise a déjà résolu des affaires sans son aide occulte ? Elle opte pour le mutisme en se collant lâchement le contenu d'une bonne fourchette de salade dans la bouche. Mais le gendarme Sébastien Jodoin, qui ne perd pas une miette de la conversation, intervient.

— J'avais cru comprendre que, par les contacts physiques avec les suspects, tu pouvais également ressentir des choses.

Chantelle lui sourit tristement.

— Tu as raison, mais trop de personnes ici me refusent ces contacts, Maugaron, Nathalie et Joe-Alderic que je n'ai pas pu toucher depuis que je suis arrivée mercredi soir. Et j'ai à peine pu effleurer le jardinier à travers ses gants épais.

Laurence fronce les sourcils.

---

*Voir *Allers simples pour Ouessant*, même collection.

**Brigade de recherche.

— Je dois entendre la veuve après le repas. Elle refuse également que tu la touches ? Je croyais pourtant qu'elle vous faisait confiance, à toi et à Michel.

— En effet, elle se sent bien en notre compagnie. Même sans contact, je peux percevoir sa fragilité. Quelque chose la perturbe, ce qui est tout à fait normal aussi peu de temps après la découverte du cadavre de son mari assassiné. Elle a un avenir à se construire, hors de la prison que constitue ce manoir à ses yeux. Et elle n'a pas bénéficié du programme de réinsertions dont profitent les malfrats que tu colles régulièrement derrière les barreaux, avec ou sans mon aide. Mais elle connaît mes dons et ils l'effraient, alors elle refuse que je la touche. Pour garder sa confiance, je ne chercherai pas à la prendre par surprise comme Yvonne Kergalen, du moins pour l'instant…

La *sorcerez* préfère s'arrêter là. Inutile de parler des autres détails qu'elle a perçus, même s'ils ne sont probablement pas si insignifiants que cela. Elle renvoie la balle dans le camp de la gendarmerie.

— Et la reine mère, madame Denise Coeuru ?

— Je l'interroge après Nathalie Le Kork. Je lui ai proposé de venir la rencontrer dans ses appartements, mais elle insiste pour « subir le même traitement que tous les témoins », comme si de discuter dans le bureau avec moi était si éprouvant. Mais peut-être n'est-ce que pour le plaisir d'utiliser le monte-escalier dont elle dispose dans l'aile gauche et l'ascenseur permettant d'atteindre le deuxième étage avec son fauteuil roulant. Avec elle, l'affaire va être vite pliée. Je ne vois pas comment elle aurait pu échapper à la surveillance constante de sa garde-malade.

Chantelle cogite quelques secondes, intriguée par le désir spécieux de cette femme âgée.

— À mon avis, Denise Coeuru a très envie de discuter avec toi, mais peut-être pas uniquement d'Erwan Le Kork. Ma présence la gêne, elle garde du mot “sorcière” le sens original, et me ferait bien rôtir au tournebroche dans l'une des immenses cheminées du manoir. Et notre proximité l'incommode encore plus.

Sébastien se glisse dans l'échange.

— Je la comprends, même si je ne l'approuve pas. De voir un officier de gendarmerie faire confiance à une extralucide peut dérouter une bonne partie de la population…

— Assez parlé boulot pour l'instant ! ordonne la lieutenante. Profitons plutôt du frichti que Michel nous a préparé, avec une pensée pour lui qui est en plein coup de bourre à cette heure !

V

Début d'après-midi du vendredi 17 juin 2022
Bureau de Joe-Alderic Coeuru, Maner ar Treoualen, Saint-Renan

Cet après-midi, les effets neuroleptiques des médicaments n'affectent plus Nathalie Le Kork. Elle est donc capable de répondre aux questions de l'enquêtrice. La première est destinée à savoir où elle se trouvait au moment du crime.

— J'étais rentrée chez moi dans la maison de garde, car j'avais du rangement à faire. J'ai aussi traîné sur le Net, attirée par des articles *people*, des conneries sans intérêt, et j'ai échangé par mail ou par messagerie avec la famille ou de pseudo-amis virtuels que je ne rencontrerai sans doute jamais dans la vie réelle. Ça me détend avant de retourner au manoir pour le repas du soir.

— N'avez-vous pas vu l'appel de monsieur Maugaron ?

— Si, bien sûr. J'avais emporté ma tablette avec moi, comme toujours. Mais je n'y suis pas allée pour deux bonnes raisons. D'abord, Erwan m'a déconseillé de me trouver seule avec cet homme. J'ai déjà expliqué pourquoi à votre amie Chantelle et je me doute qu'elle vous a tout rapporté. Ensuite, je savais d'avance qu'il allait demander le branchement du réseau câblé sur sa télévision. Parce que monsieur Maugaron profite de ses séjours au manoir pour mater des séries, tout en faisant croire à monsieur Coeuru qu'il s'isole pour travailler tranquillement.

— Comment pouvez-vous l'affirmer ? interroge Laurence, jouant l'étonnée.

— La pièce André Citroën à côté de sa chambre est inutilisée. Nous l'avons transformée en salle pour le repassage, plus agréable que la buanderie où il n'y a pas de fenêtre. De cet endroit, j'entends parfaitement le téléviseur accroché au mur, pourtant épais, dans la suite de Maugaron quand je repasse. Je suis sûre qu'il ne s'agit pas de documentaires d'une chaîne dédiée à la finance ou la gestion d'entreprise étant donné la teneur des dialogues. Erwan avait proposé à monsieur Coeuru d'aménager un vrai bureau dans l'une des chambres inoccupées de l'aile droite, mais Maugaron a refusé direct ! Il disait que ce serait une dépense inutile et que ses appartements lui suffisaient amplement. Pour en revenir à mercredi, Erwan faisait exprès. Il tardait à rétablir le branchement pour Maugaron dans le boîtier du sous-sol, parce qu'il aimait beaucoup le faire râler. Je ne me suis donc pas inquiétée quand j'ai vu cet appel.

— Vous étiez pourtant prévenue que votre mari était occupé à nettoyer ou essayer l'arme de monsieur Coeuru ?

La veuve incline la tête, circonspecte.

— Oui, je n'y pensais sans doute plus à ce moment-là. Pour tout dire, je m'en foutais. Tant que la demande ne vient pas de monsieur Joe-Alderic ou de madame Denise, rien ne m'oblige à me déplacer pendant ma pause. Pour finir ma réponse à votre première question, au moment du crime, je retournais à la cuisine. J'ai d'ailleurs croisé Stéphane, le jardinier. Nous avons discuté deux minutes ensemble.

Laurence prend son temps pour ajouter quelques notes dans son carnet, alors que le gendarme Jodoin termine la frappe des dernières indications. Semblant soudain se souvenir de quelque chose, la lieutenante lève son stylo.

— Vous arrivait-il de tirer au pistolet avec votre mari ?

Nathalie secoue la tête, aspirant le « non » qu'elle sort en prélude de sa réponse.

— Jamais ! Monsieur Coeuru n'aurait pas accepté. Cet exercice demande de porter un casque anti-bruit qui empêche d'entendre les signaux d'appel sur la tablette. Nous ne pouvions rester tous les deux injoignables en même temps. C'est écrit dans le contrat.

L'enquêtrice fronce les sourcils. Ce prétendu contrat de travail a un arrière-goût d'asservissement. La veuve poursuit.

— Mais c'est surtout parce que j'avais horreur de cela ! Le bruit et l'odeur me provoquent des migraines et des haut-le-cœur. Erwan savait qu'il devait passer une tenue spéciale pour sa séance de tir, afin de ne pas rapporter des relents de poudre à la maison.

Le masque médical peine à dissimuler la torsion de la bouche de la quadragénaire, exposant un mélange de crainte et de dégoût.

La lieutenante acquiesce, n'étant pas non plus amatrice des miasmes sulfureux expulsés par les armes à feu.

Elle reprend la fiche qui décrit la chronologie des faits le soir du meurtre.

— N'hésitez pas à me corriger ou à compléter les données, obtenues à partir du planning, du journal des événements de la tablette, ainsi que d'autres témoignages jusqu'alors recueillis. Jean-Marie Maugaron arrive au manoir à 16 h 07. Votre mari commande l'ouverture du portail. Il porte ensuite la valise du gestionnaire dans sa chambre de l'aile droite tandis que celui-ci se rend dans le bureau de

Joe-Alderic Coeuru. Cela se passait-il toujours de la sorte ?

— Pour le transport des bagages de Maugaron ? Oui, toujours. Erwan les déposait sur le lit, mais ne s'occupait pas de son contenu.

— À 16 h 15, monsieur Coeuru vous appelle personnellement.

— C'était pour me demander de lui apporter son thé et le chocolat de Maugaron, sans oublier sa ration de biscuits pour ne pas se faire incendier par lui.

Une grimace de dégoût accompagne cette précision. La lieutenante Rousseau poursuit.

— À 16 h 27 arrive madame Mesdun. Cette fois, c'est vous qui commandez l'ouverture du portail.

— Oui, je n'ai eu que ça à faire. Irène se débrouille seule pour sa valise. Je crois d'ailleurs qu'elle ne supporterait pas que je porte son bagage, elle n'est pas comme certains autres…

— Arrive-t-elle toujours aussi tôt ? Elle ne devait remplacer sa collègue que le lendemain matin.

— J'assiste rarement au changement de service entre les infirmières le dimanche. Mais Irène m'a parlé de son appartement de Guilers, beaucoup moins confortable que sa chambre au manoir, et avec un vis-à-vis alors qu'elle dispose ici d'une vue sur le parc. Je comprends donc qu'elle préfère venir tôt. Peut-être aussi souhaitait-elle profiter du goûter, elle sait qu'il est généralement apporté vers ces heures-là.

L'enquêtrice essaie d'imaginer l'étrange vie de ces deux infirmières. Comment occupent-elles leurs semaines de liberté ? Mais encore une fois, elle revient au fil de l'investigation.

— À 16 h 30, Erwan se rend dans son atelier après être passé par l'armoire sécurisée pour récupérer le Luger. À la même heure, vous apportez le plateau dans ce bureau…

Nathalie se retourne pour indiquer le petit salon installé dans la pièce, deux fauteuils et un guéridon sur lequel le plateau est toujours posé.

— Ah ! Votre amie n'est pas venue ici pour le ménage ? Je devais m'en occuper tous les matins, pendant que monsieur Joe-Alderic faisait sa toilette.

Laurence essaie de déterminer ce qui se cache dans le regard de la veuve. Nostalgie ou ironie ? Regret ou espérance ?

— Sébastien descendra cela en cuisine en fin de journée.

— Utilisez le monte-plats, à gauche en sortant, entre l'ascenseur et les placards. Mais il restera des miettes de biscuits, monsieur Maugaron mange très salement, vous avez dû vous en rendre compte lors des repas.

Se retenant de sourire trop ostensiblement,

Laurence opine du chef, reprenant son énoncé chronologique.

— Juste après, vers 16 h 35, vous servez le goûter de ces dames.

— Oui, j'avais déjà préparé le plateau, je n'ai eu qu'à l'apporter dans le petit salon avant de rentrer me reposer.

— Nous arrivons à 17 h 10 environ. Jean-Marie Maugaron quitte le bureau de monsieur Coeuru pour aller, disons, travailler dans sa chambre…

Le rire grinçant de Nathalie Le Kork sur son hésitation dans le terme à employer n'étonne pas Laurence, qui poursuit.

— À 17 h 15, premier appel général sur les tablettes, suivi d'un second neuf minutes plus tard, auquel Erwan répond. Il se trouvait alors dans son atelier. Il se déplace dans les caves, où l'on perd le signal de positionnement de la tablette, puis on le retrouve qui passe par la chambre de monsieur Maugaron pour le prévenir du rétablissement de la connexion…

— Et également pour se prendre sa dose d'engueulade, complète la veuve. Maugaron le menaçait souvent d'aller se plaindre auprès de Joe-Alderic, mais Erwan s'en foutait. Il savait qu'il bluffait. Il n'imaginait pas Maugaron râler parce qu'on ne lui branchait pas sa télé assez vite, alors qu'il prétendait travailler, comme vous avez dit.

La lieutenante jette un coup d'œil à son subordonné, attendant qu'il ait fini de tout rapporter dans son ordinateur portable avant de poursuivre.

— 17 h 30, votre époux se rend au pas de tir pour les essais. D'après la tablette, vous sortiez de chez vous à cette heure.

Nathalie se gratte la nuque, fouillant dans sa mémoire.

— Oui, j'avoue que j'ai un peu traîné, car tout était presque prêt pour le repas du soir. Je suis donc restée plus longtemps que prévu sur l'ordinateur…

— Quand avez-vous commencé à vous inquiéter pour votre mari ?

Si la veuve était jusque-là parvenue à s'abstraire et à mettre sa tristesse de côté, ses yeux s'embrument maintenant qu'elle va être obligée d'aborder ce moment si pénible. Sa voix tremble lorsqu'elle répond.

— Vers 18 h 30, j'ai été étonnée de ne pas le voir. J'avais entrouvert la porte de la cuisine et la fenêtre du couloir qui donne sur la cour arrière, et je ne l'entendais pas tirer. J'ai d'abord terminé mes préparatifs, dressé la table et confectionné mes plats de service. J'ai essayé de regarder par la fenêtre pour savoir s'il était toujours dehors, mais elle est trop haute. Il ne répondait pas quand je le bipais sur la tablette, alors j'ai commencé à m'inquiéter. J'ai voulu sortir par la porte située juste à côté du pas de tir. Un couloir y mène directement, depuis la cuisine, mais elle était verrouillée. J'ai donc dû revenir jusqu'à l'angle opposé en empruntant le passage de service…

Nathalie Le Kork halète et bute sur les mots. Laurence craint que ce témoignage ne se termine en crise de nerfs. La veuve ferme les yeux et baisse la tête quelques instants, puis elle avale sa salive et reprend.

— De ce coin, le pas de tir est caché par le mur. J'avais un mauvais pressentiment, je ne sais pas pourquoi. Plus j'avançais et plus il s'amplifiait. Lorsque je l'ai vu allongé par terre derrière le stand, j'ai d'abord cru qu'il avait eu un malaise, un simple étourdissement. J'ai même pensé que c'était l'odeur de la poudre qui avait causé cela. Mais quand j'ai remarqué le sang sur sa poitrine…

La voix se casse et les larmes coulent. La conteuse peine à reprendre sa respiration. La fin de la déclaration se mêle aux sanglots non retenus.

— J'ai cherché son pouls, mais il n'y avait plus rien. Trop de sang, partout sur son torse. J'ai compris qu'il était mort. Quelqu'un avait tiré sur lui ! Je me souviens alors avoir hurlé, hurlé aussi fort que je le pouvais. Et après, j'ai oublié. Je me suis réveillée à l'hôpital, le cerveau embrumé par les médicaments.

L'enquêtrice attend que Nathalie se soit mouchée avant de poser sa question finale, se doutant déjà de la réponse. Non, l'épouse n'a pas la moindre idée de qui pouvait en vouloir à son mari. Car qui pouvait vouloir du mal à un homme qui passe sa vie enfermé dans ce monde à la mentalité carcérale, sans voir quiconque autre que les quelques visiteurs daignant venir à Saint-Renan pour rencontrer le grand patron ? Ceux-là n'ont que faire des domestiques qui les guident jusqu'au bureau du pourvoyeur de fonds bien-aimé et leur apportent leurs commandes sur un plateau… « Monsieur désire un café ou un thé ? »

Après cette longue diatribe qui en dit beaucoup sur l'état d'esprit de la veuve vis-à-vis de son emploi, Laurence la remercie et la laisse regagner son logement à l'entrée du domaine.

*

*   *

Début d'après-midi du vendredi 17 juin 2022

Atelier d'Erwan Le Kork, rez-de-chaussée de l'aile droite du Maner ar Treoualen, Saint-Renan

Chantelle s'installe à la table de travail d'Erwan Le Kork et pose ses mains à plat sur le bois brut et épais. La surface porte le témoignage des multiples bricolages qu'elle a supportés, ponçage et découpage, coup de canifs et de tournevis, démontage et dépannage, soudure et peinture… Mais ces marques l'intéressent peu. Elle ne peut rien tirer de ces traces de graisse, de pigments, d'huile ou de térébenthine qui s'exhibent par-ci par-là.

Rageusement, elle croise les jambes et détache ses lacets. Les chaussettes viennent bientôt rejoindre les chaussures au sol. Sans conviction, elle pose ses pieds nus sur le carrelage frais de l'atelier. Mais nulle vibration ne l'assaille. À peine perçoit-elle quelques infimes pulsations sous le dallage, ce qui la rassure sur ses capacités à échanger avec la terre, l'alliée des *sorcerezed leur**. À plusieurs reprises, elle psalmodie « *Komz din ! Lâr din* ! »** tout en tapant de ses talons sur les carreaux bicolores, accélérant le rythme de ses jambes comme une gamine qui trépigne pour obtenir ce que ses parents lui refusent. Mais la terre ne lui obéit pas ! Elle s'embarque alors dans une danse improvisée, tourne et louvoie entre les établis et les étagères chargées de matériel et matériaux, appareils à réparer et objets à rénover. Chantelle sème sur son chemin aléatoire les éléments de son habillement, la veste, la chemise, le pantalon, le soutien-gorge et la culotte. Elle offre son anatomie à la volonté de la pièce, du

*Le sol, la terre , en breton.

**« Parle-moi ! Raconte-moi ! », en breton.

bâtiment, du domaine. Son corps se colle contre les murs et roule sur leur surface, de face, de dos et de profil. Elle espère remettre la magie en marche, sans succès…

Essoufflée, elle s'assoit au sol, croise les jambes et se prend la tête dans les mains. Devant elle, une bibliothèque abrite différents ouvrages. Deux niveaux sont dédiés aux modes d'emploi. Sur les autres, des livres traitent des différentes branches du bricolage comme l'électricité, la plomberie ou la peinture. Sur l'étagère supérieure, les titres moins techniques attirent son attention : des recueils d'astuces et de trucs de grand-mère ! Ce soir, il faut qu'elle aille chercher ses grimoires ! L'explication de cette incommunicabilité entre elle et la terre se trouve forcément à l'intérieur de l'un d'eux, même si elle n'a pas souvenir d'avoir lu quoi que ce soit à ce sujet. Mais ces livres sont énormes, raturés et annotés, traitant de tant de choses différentes, sur les roches, les plantes, les feuilles, les fleurs et les racines, les mélanges à faire et à éviter, les maux et leurs remèdes, les comportements et leurs interprétations, les pouvoirs ésotériques, comment et pourquoi s'en servir ainsi que les dangers inhérents. Les notices alignées dans le meuble contiennent souvent une section permettant de résoudre les problèmes de fonctionnement avec les vérifications à effectuer, voir si la prise est débranchée ou si le robinet n'est pas resté fermé. Mais ces grimoires poussiéreux ne renferment pas un tel index…

Quelqu'un essaie d'entrer dans l'atelier, mais Chantelle avait verrouillé, par sécurité. Juste après, la tablette vibre. La *sorcerez* consulte le message. Michel lui demande où elle se cache. Sans répondre, elle va ouvrir la porte, toujours entièrement nue. Bien que cela ne règle pas le problème, l'acte sexuel a le don de recharger ses batteries et d'exalter ses pouvoirs. Cela marche à tous les coups, alors autant en profiter…

*

* *

Début d'après-midi du vendredi 17 juin 2022
Bureau de Joe-Alderic Coeuru, Maner ar Treoualen, Saint-Renan

L'enquêtrice observe la mère de Joe-Alderic Coeuru, assise dans son fauteuil roulant devant le bureau de son fils. Aussitôt mise en place, elle a ordonné à l'infirmière qui l'accompagnait de sortir et de ne revenir que quand le « jeune gendarme » irait la rechercher. Sébastien sourit, remarquant la grimace de contrariété sur le visage d'Yvonne Kergalen.

À la demande de la lieutenante, Denise Coeuru

raconte l'après-midi du mercredi, jour du meurtre. Sa description est identique à celle donnée la veille par la soignante. Bien que s'étant sans doute légèrement assoupie, elle peut garantir que les deux femmes ne se sont que très peu séparées, et en tout cas jamais assez longtemps pour permettre à l'une des deux d'aller commettre un crime dans le jardin arrière du manoir. Laurence n'est pas surprise de cette concordance. Elle soupçonne que cette demande insistante de témoignage à un autre but que de corroborer celui de l'infirmière. L'enquêtrice discerne un changement dans le regard bleu azur de la nonagénaire, dont la main tavelée pointe discrètement vers le gendarme assis devant son ordinateur.

— La suite de ce que je veux vous dire n'a pas de lien direct avec le crime d'Erwan. Je désire donc que ce jeune homme ne le consigne pas dans le rapport et, si cela est possible, qu'il quitte la pièce pour quelques minutes. Cette discussion n'aura rien d'officiel…

L'enquêtrice hésite peu avant de répondre.

— Je porte une entière confiance en Sébastien et je crois deviner le sujet que vous souhaitez aborder. Sachez que le gendarme Jodoin est au courant de ce fait.

Un geste accompagne la remarque, ordonnant au subalterne de cesser la frappe. Celui-ci enregistre alors le fichier, se recule et croise les bras. Le faciès de Denise Coeuru affiche son mécontentement. Elle n'a pas l'habitude que l'on conteste ses desiderata. Mais, après tout, si elle a requis un tête-à-tête, c'était pour ne pas embarrasser l'officière auprès de son subordonné, en relevant des choses qu'un simple sous-fifre n'a pas à entendre. Tant pis pour elle si ces révélations lui apportent des problèmes !

— C'est à propos de cette femme étrange, madame Marzin. Vous me semblez très proche d'elle…

La lieutenante ne jugeant pas utile de confirmer ou d'infirmer, la mère poursuit.

— Vous savez que c'est ce que l'on appelle une sorcière. Elle prétend être dotée de pouvoirs surnaturels pour lire dans les pensées ou déterminer le futur. Charlatanisme !

Le ciel bleu immaculé des iris de la vieille femme a laissé place à une tempête jetant des éclairs mauvais. Laurence reste parfaitement impassible, ne considérant toujours pas qu'une réponse soit nécessaire. Mais cela ne calme en rien Denise Coeuru.

— Lorsque j'ai vu les yeux diaboliques de cette femme, j'ai immédiatement compris ce qu'elle était. Il était hors de question que j'accepte une telle créature sous mon toit. Mais Joe-Alderic n'a pas souscrit à ma demande. Il croyait avoir besoin d'elle, et c'est encore le cas avec ce drame. Cette sournoise tisse sa toile autour de lui. Elle se sert de ses pouvoirs supposés pour le mener par le bout du nez.

Laurence remarque la moue circonspecte de Sébastien dans le dos de Denise Coeuru. Elle devine que son comparse a relevé les multiples paradoxes dans ce flot de reproches et qu'il se retient de les contredire. Un geste discret lui conseille de se calmer et d'attendre la suite qui ne tarde pas. Au fond des yeux de la nonagénaire, la tempête se laisse évincer par des traînées nuageuses où se mêlent l'amertume et la perplexité. Les mots veulent sortir, mais un fort vent d'embarras les contient. Elle a honte de divulguer ces faits qui vont à l'encontre de ses respectueuses croyances chrétiennes. L'enquêtrice devine qu'il est temps d'inciter son témoin à se libérer.

— Allez-y ! invite-t-elle d'un ton de confesseur. Plus rien ne peut m'étonner à propos de Chantelle !

Elle a volontairement insisté sur l'utilisation du prénom de son amie, avouant ainsi sa camaraderie avec la *sorcerez*. Les iris bleus de la doyenne se rechargent en électricité.

— Lorsqu'elle est apparue, cela fait maintenant quatre ans, elle a apporté son lot d'étrangetés maléfiques. J'avais depuis toujours la chance de dormir comme un loir, un sommeil de plomb que rien ne semblait pouvoir perturber. Mais, après avoir découvert le regard anormal de cette femme, j'étais réveillée toutes les nuits par la voix de Jacques-André qui m'appelait. Cette jeteuse de sorts a amené le fantôme de mon défunt mari dans ces murs qu'il a lui-même fait bâtir !

La lieutenante parvient à rester impassible en entendant cette révélation. Même si elle ne doute maintenant plus des pouvoirs de Chantelle, elle sait que la communication avec les esprits ne fait pas partie de ses spécialités. Denise Coeuru se serait-elle convaincue que la nouvelle venue a ouvert les portes ésotériques du *Maner ar Treoualen* à son ex-époux ? À moins qu'elle n'ait raison et que le spectre de Jacques-André n'ait profité de l'occasion pour s'amuser à faire quelques méchantes farces à sa moitié terrestre, peut-être pour se venger de l'avoir empêché de dormir à cause de ses ronflements sonores…

— Je me doute que vous ne me croyez pas. « La vieille débloque ! », voilà ce que vous pensez, que je me fais des idées et qu'une personne sensée comme moi ne devrait pas raconter de telles balivernes.

La voix est chargée de contradiction. La mère de Joe-Alderic ne parvient pas à comprendre pourquoi elle croit en ces superstitions qui viennent s'opposer à sa foi religieuse. Laurence compatit *in petto*, ayant subi les mêmes tourments intérieurs lorsque les divinations de la *sorcerez* ont fait s'effondrer le mur de cartésianismes derrière lequel elle se cachait.

— Je dis tout à mes infirmières, poursuit Denise. Elles sont mes dames de compagnie plus que mes soignantes, comme vous l'avez sans doute remarqué. Elles savent déceler quand quelque chose me perturbe, j'ai donc préféré leur avouer la cause de mes préoccupations. Je me souviens que c'est à Irène que j'ai parlé. Elle s'est par la suite occupée de transmettre l'information à Yvonne, le dimanche suivant.

L'enquêtrice admire la mémoire de la nonagénaire, capable de se souvenir de tels détails plusieurs années plus tard, énoncés sans l'ombre d'une hésitation. Celle-ci ne souffre visiblement pas de dégénérescence neuronale.

— Lorsque j'ai discuté avec Irène, je n'ai pas fait attention à la présence de Nathalie Le Kork dans la pièce. Ou, plus précisément, je ne m'en suis pas inquiétée. Nathalie est fiable et discrète. Si je lui demande de garder un secret, elle ne répète rien à Erwan ni à Joe-Alderic. Elle est venue me voir peu de temps après pour me dire qu'elle avait peut-être une solution à me proposer…

Le plissement des yeux de Laurence trahit l'accroissement de son intérêt.

— Elle m'a raconté qu'elle connaissait une personne capable de chasser l'esprit de Jacques-André du manoir…

*
* *

Milieu d'après-midi du vendredi 17 juin 2022
Jardins du Maner ar Treoualen, Saint-Renan

— Elle ne l'a pas chassé, mais réduit au silence et à l'inaction. Et elle a de toute évidence profité de l'occasion pour bâillonner le domaine !

Laurence observe Chantelle, devinant que celle-ci est rassurée d'avoir enfin compris la cause de son problème.

Rassurée, mais très en colère ! La lieutenante tente de déchiffrer les propos abscons, sans toutefois trop s'inquiéter, car elle sait qu'une explication viendra tôt. Pour l'instant, son amie rumine cette rage qui s'est déclarée quand elle a entendu le prénom Maelyne. Une fureur surprenante chez cette femme d'ordinaire si imperturbable. Son calme en partie retrouvé, elle fournit les éclaircissements attendus.

— Comme tu t'en doutes très probablement, Maelyne partage avec moi quelques particularités. Elle vit à Morlaix, et nous avons presque le même âge. Nous nous sommes autrefois côtoyées. Rien de sexuel, nous étions deux copines qui ont suivi en commun quelques formations ésotériques avec des *kelennerezed**. Par la suite, nous nous rencontrions à l'occasion, pour discuter, échanger ou demander des conseils sur nos pratiques et potions. C'était une époque où le téléphone portable n'était qu'un concept destiné aux utilisateurs fortunés et musclés, car les premiers modèles pesaient un sacré poids.

Une pause, pendant laquelle la narratrice prend quelques longues respirations. Elle veut calmer sa fureur, mais elle désire surtout laisser la nostalgie de cette époque lointaine se disperser pour ne pas envahir l'explication.

— Maelyne souffrait d'une trop grande naïveté. Elle se rêvait un mari idéal, beau, riche, intelligent et compréhensif. Elle était jolie fille et elle savait attirer les regards masculins, entre autres. Toutefois, contrairement à ce que tu pourrais imaginer, toutes les *sorcerezed* ne se comportent pas comme des libertines bisexuelles. Maelyne n'a jamais voulu se libérer et essayer, précise Chantelle avec un frisson de regrets dans la voix. Elle a longtemps cherché avant de trouver l'élu qui lui convenait, du moins le croyait-elle…

Laurence subodore déjà la suite du récit, connaissant le don de son amie pour déterminer la congruence d'un couple établi ou à venir.

---

*Formatrices, en breton.

— Le choix de ma copine se prénommait Maxence, un jeune homme issu d'une bonne famille. Mais c'était un chaud lapin. Le mot fidélité était absent de son vocabulaire. Au premier contact avec lui, j'ai vu les cornes pousser au front de Maelyne. Mais l'amour rend aveugle, sourde et idiote ! Elle n'a pas voulu me croire. Alors j'ai employé les grands moyens pour la convaincre. Je n'ai pas eu trop de difficulté à trouver une jolie femme d'accord pour passer à la casserole avec ce prétendant indélicat. Elle n'eut aucun mal à l'appâter, disposant d'attraits auxquels beaucoup d'hommes succombent. Et je me suis arrangée pour que Maelyne découvre son chéri en train de faire sa petite affaire avec une autre qu'elle. Ce que je n'avais pas prévu, c'est que, plutôt que de me remercier et d'oublier ce goujat, mon amie s'est mis en tête de se venger. Je connaissais sa virulence, et ce dont elle était capable. Alors, craignant qu'elle ne s'en prenne à mon assistante, j'ai avoué être à l'origine de ce méchant scénario. Maelyne n'a plus jamais voulu me revoir, ma démonstration l'a définitivement fâchée avec moi.

La lieutenante opine silencieusement de la tête, ne sachant que penser de cette façon de résoudre le problème.

N'aurait-il mieux pas valu… Quoi donc ? Laisser l'alliance s'établir et attendre que l'épouse s'aperçoive de l'infidélité de son mari, pour que les deux *sorcerezed* restent amies ? Ainsi, elles se seraient consolées dans les bras l'une de l'autre. Chantelle devine le cheminement de réflexions de l'enquêtrice.

— Je connaissais Maelyne. Sa naïveté ne l'empêchait pas d'être impulsive et extrême. J'appréhendais qu'elle commette une grosse bêtise et punisse son conjoint et sa maîtresse d'une manière radicale. D'ailleurs, si tu te renseignes sur ce Maxence, tu découvriras qu'il n'a jamais convolé en justes noces et qu'il n'a pas pu assurer la descendance de sa bonne famille.

Laurence grimace, n'osant imaginer le traitement que la femme flouée a fait subir à son prétendant trop volage.

— Magie noire ?

La *sorcerez* acquiesce.

— C'est du moins ce que j'ai supposé à l'époque. Et je crois que ce qu'elle a vraisemblablement accompli ici confirme cette hypothèse. Même après plusieurs décennies, Maelyne m'en veut toujours. Quand Nathalie Le Kork l'a contactée en lui précisant le nom de la devineresse engagée par Joe-Alderic, elle a dû sauter sur l'occasion pour mettre la dernière main à sa vengeance.

Les lèvres de Laurence se tordent encore, mais cette fois pour dessiner sa perplexité.

— Si maintenant les sorcières se font des vacheries entre elles, où va-t-on ? Les contes de fées ne sont plus ce qu'ils étaient…

Chantelle pouffe, dorénavant plus détendue.

— C'est que tu n'as lu que leurs versions édulcorées, car dans leurs moutures originales, ils ne se terminent pas tous par « *Ils vécurent heureux et eurent beaucoup d'enfants.* » Quand Louis Bertignac chante que « Le prince charmant a foutu l'camp avec la Belle au bois dormant ! » dans sa chanson *Cendrillon*, il n'est pas loin de la vérité.

— Sais-tu comment elle a procédé ? Et, surtout, y a-t-il un moyen pour annuler son… acte ?

L'enquêtrice s'est retenue pour ne pas utiliser le mot "sort", sans doute plus approprié. La réponse arrive immédiatement.

— Oui, et non ! Elle a très certainement tracé un ennéagramme sur la surface du domaine, en prenant le manoir pour centre. Je préfère d'ailleurs ne pas aller m'enfoncer dans les sous-bois pour retrouver les neuf points de convergence, là où elle a lancé des incantations, car il doit y avoir à ces endroits quelques restes peu ragoûtants.

L'enquêtrice fronce les sourcils, circonspecte.

— Pourtant, les TIC m'ont assuré avoir cherché partout. Ils m'auraient prévenu s'ils avaient trouvé ce genre de surprise.

— Tu nous as dit qu'étant donné la surface à couvrir, ils ne se sont pas donné la peine d'inspecter les coins où il est évident que personne n'est venu depuis plusieurs années.

Un hochement de tête affirmatif confirme l'hypothèse.

— Pour ce qui est de l'annulation de ce sort, seule Maelyne pourrait éventuellement l'invoquer. Mais je ne suis pas persuadée qu'elle en ait envie. Et cela m'étonnerait que tu puisses obtenir une commission rogatoire pour la forcer à s'exécuter. J'imagine la tronche du juge recevant une telle demande…

Au tour de Laurence de pouffer intérieurement. Elle est heureuse d'avoir libéré son amie du poids de cette incompréhension, même si elle aurait préféré pouvoir faire sauter le verrou du bâillon qui empêche le manoir de livrer ses secrets à la *sorcerez*.

— OK ! Nous allons donc en revenir aux bonnes vieilles techniques d'enquêtes, se résigne-t-elle. Merci de ta collaboration. Vous rentrez ce soir à Plougourvest avec Michel ? demande-t-elle ironiquement, sachant d'avance qu'elle ne se débarrassera pas si facilement de son assistante ésotérique.

— Nous devons faire annuler nos contrats de travail, mais nous sommes vendredi et les bureaux administratifs sont déjà fermés, plaisante Chantelle. Il te faudra donc patienter jusqu'à lundi. Mais, malgré le peu d'information que me fournit cet environnement, je pressens que tu n'auras pas à attendre aussi longtemps.

*
* *

Milieu d'après-midi du vendredi 17 juin 2022
Grand salon de la section centrale du Maner ar Treoualen, Saint-Renan

Confortablement installé dans son fauteuil club, Joe-Alderic laisse ses pensées dériver. Il n'avait aucune raison d'assassiner Erwan Le Kork. Plus tôt, il a renvoyé Jean-Marie Maugaron dans ses appartements. Cet après-midi, il n'a pas envie de travailler et il a bien compris qu'il en était de même pour son gestionnaire. Rien ne presse ! Les décisions les plus urgentes ont été prises et transmises aux exécutants. Ne reste que des points pouvant être reportés à la semaine suivante. La lieutenante a presque ordonné à Maugaron de demeurer au manoir jusqu'à la fin de l'enquête. L'homme a râlé pour la forme, mais le propriétaire des lieux sait bien que rien ni personne n'attend son employé dans son logement rennais.

Enfoncé dans le cuir du fauteuil, le septuagénaire pique du nez, laissant tomber le livre qu'il a pris pour s'occuper. Aussi intéressant et bien écrit soit-il, le dernier roman d'Annie Ernaux ne parvient pas à le captiver suffisamment. Son esprit divague et s'éloigne du *Maner ar Treoualen* pour rejoindre Ornella. Ah, Ornella ! Une vraie brune, mais une fausse Italienne, même si elle s'amusait à conserver un fond d'accent transalpin. Ornella n'était que son nom de scène. Mais est-ce ainsi qu'on dit pour une prostituée ? Ce sera plutôt son nom de rue ou, dans son cas, son nom de boudoir, car elle n'a jamais fait le trottoir. Elle lui a d'ailleurs un jour avoué qu'elle s'appelle en réalité Bénédicte. Trop puritain pour une call-girl, aux cheveux noirs comme l'ébène, à la peau dorée par un bronzage intégral et aux yeux de braise qui vous enflammaient les sens et vous faisaient perdre la raison, une sorcière à sa façon…

Pourquoi une prostituée ? Cette damnée prophétie l'a convaincu de ne pas prendre une épouse qu'il aurait toujours eu peur d'occire par accident. Mais elle ne l'a pas pour autant privé de ces envies qui assaillent tous mâles qui se respectent. Ornella est longtemps restée sa favorite. Le sexe constituait au départ l'unique fondement de leurs rencontres bimensuelles. Mais, peu à peu, Joe-Alderic prit Ornella pour confidente. Leurs ébats étaient suivis de longues discussions durant lesquelles il se livrait et s'épandait sans inquiétude. La péripatéticienne devint psychanalyste à mi-temps, son corps nu remplaçant le canapé caractéristique de cette profession. Ils ont ensemble avancé dans l'âge, mais la retraite arrive bien plus tôt pour les femmes faisant commerce de leur anatomie. Toutefois, bien qu'ayant rendu son tablier – ou plutôt sa guêpière et son porte-jarretelles – elle a poursuivi ses visites au manoir à la demande de son client privilégié et surtout très généreux avec elle. Mais cinq ans auparavant, et malgré les supplications et les promesses de Joe-Alderic, elle décida de mettre un terme à ces tête-à-tête coquins du mardi après-midi.

À Tréoualen, seul Erwan Le Kork savait. Du moins, c'est la théorie. Car en pratique, comment expliquer à Nathalie l'état de ce lit, fait au carré le matin même, après le passage de sa sophrologue ? Quoiqu'Erwan ait reçu ordre de n'en parler à personne, son épouse n'est pas idiote et elle avait dû comprendre assez tôt que les exercices réalisés avec cette ravissante brune n'étaient pas uniquement destinés à la relaxation des muscles du dos. Mais qu'importe ! Tant que cela ne sortait pas des murs du manoir… Lorsqu'Ornella annonça l'arrêt de ses visites, la charge fut donnée à Erwan de lui trouver une remplaçante. L'aide de celle qu'il ne fallait plus maintenant appeler que Bénédicte lui fut bien utile, celle-ci ayant conservé des contacts dans le milieu de la prostitution brestoise. Trois essais furent nécessaires avant de dénicher la bonne, capable de s'adapter à l'âge avancé de son client sans pour autant le considérer comme un grabataire, car le vieillard était toujours demandeur et vigoureux.

Joe-Alderic reprend le livre posé sur ses genoux. Dans *Le jeune homme*, Annie Ernaux raconte sa liaison avec un amant plus jeune qu'elle de trente ans, une paille par rapport au presque demi-siècle qui le sépare de Selma. Mais, contrairement à l'écrivaine, il ne s'agit dans son cas que de sexe rémunéré, la comparaison s'arrête donc là ! Avec Ornella, l'écart n'était que d'une dizaine d'années et, s'il avait osé, il aurait pu l'aimer !

Alors qu'il retourne l'ouvrage dans ses mains lui revient en mémoire une discussion avec Erwan. Un mardi, jour de visite de la jeune prostituée. Ils s'étaient retrouvés par hasard devant le manoir, bien après l'heure du repas. Mais était-ce vraiment un hasard ? Joe-Alderic était sorti fumer un cigare. Hors de question de l'allumer à l'intérieur, il n'aurait pas voulu que son vice empuantisse son bureau ou le grand salon. Ce cigare représentait pour lui le symbole de la fin d'une bonne journée, consommé après une signature de gros contrat, une spéculation fructueuse, ou une rencontre avec sa partenaire d'un après-midi. Erwan venait également pour fumer, mais il se contentait d'un cigarillo. Pourquoi s'était-il donc éloigné autant de son logement situé à l'entrée du domaine, à plusieurs centaines de mètres de là ? Un instant, l'employeur s'est demandé si son homme à tout faire voulait lui aussi se détendre après un moment chaud passé avec son épouse, mais il se reprocha immédiatement la salacité de ses pensées. Il remarqua vite l'état d'ébriété d'Erwan. Jamais encore, il ne l'avait vu ainsi. Il était d'ailleurs exceptionnel qu'ils se rencontrent après l'heure du repas. « Depuis quelque temps, j'écris un livre », avait commencé le quadragénaire sans plus de préambule. « Ou plutôt, un essai. C'est ma belle-sœur qui m'a corrigé sur le terme à utiliser. Si déjà sur le nom je me plante, elle n'a pas fini de relever toutes mes erreurs. » Il avait alors ri, mais pas du rire gras des hommes avinés, plutôt un rire triste, dépourvu de joie. « Je raconte ma vie au manoir, tout ce que l'on fait ici avec Nathalie. Parce que, bien sûr, elle tient un rôle dans mon histoire. J'y dis tout, sans rien oublier ! Enfin si ! Nath prétend qu'il n'y en a pas assez, que je peux en raconter encore plus. Mais ce n'est que le premier jet. Geneviève affirme que j'ai une belle écriture, malgré un trop grand nombre de fautes d'orthographe et de style. Recevoir un compliment de sa part, c'est exceptionnel ! Mais n'ayez pas peur, je ne dirai pas où cela se passe réellement, et je changerai tous les noms ! » Joe-Alderic Coeuru s'est alors demandé s'il plaisantait, pris par l'alcool. Jamais un tel sujet ne pourrait trouver d'éditeur ni de lecteur. Mais aujourd'hui, avec Internet et cette foultitude d'ouvrages autopubliés, il était si simple de se déclarer auteur…

Le septuagénaire lance un regard mauvais au livre toujours sur ses genoux. Où se cache l'essai d'Erwan ? Les enquêteurs l'ont-ils découvert ? Si Geneviève Le Kork l'a corrigé, elle en a forcément tenu un exemplaire entre les mains. Qu'y a-t-il à l'intérieur ? Et parle-t-il d'Ornella, et surtout de Selma ?

Confortablement installé dans son fauteuil club, Joe-Alderic laisse ses pensées dériver. Finalement, il avait peut-être une raison d'assassiner Erwan Le Kork.

*

*   *

Milieu d'après-midi du vendredi 17 juin 2022
Appartement de Selma Marouani, rue du Valy Hir, Brest

La jeune femme fronce les sourcils en ouvrant la porte. Au téléphone, tout à l'heure, c'était pourtant une voix d'homme ! Impossible que la personne qui se tient devant elle n'en soit un ni même un travesti, car elle sait immanquablement les repérer.

— Je pense que vous vous êtes trompée d'étage, ou…

Un sourire accompagne le hochement de tête négatif de la visiteuse inattendue, qui s'avance.

— Je ne fais pas avec les gouines ! stipule la vingtenaire d'une voix sourde en s'interposant.

Une carte tricolore surgit devant ses yeux, avec la photo de la femme et le sigle SDEP.

— Officier Marzin, de la sous-division des enquêtes parallèles !

Le regard de Selma se durcit. Elle s'écarte pour libérer le passage, le mouvement de ses doigts indique à Chantelle d'entrer rapidement sans rien dire de plus. La porte refermée, la prostituée se retourne et toise l'importune. Jupe courte et escarpins, chemisier léger au décolleté laissant deviner une poitrine ferme, des lunettes aux verres sombres qu'elle conserve malgré la pénombre régnant dans la pièce. Celle-là n'a pas le look d'un flic !

— Enquête parallèle ? Vous êtes de la police ? Parce que…

— Je sais que votre activité n'est en rien illégale, la coupe la *sorcerez*. Je souhaite uniquement que vous me parliez de l'un de vos partenaires particuliers, monsieur Coeuru, du *Maner ar Treoualen* à Saint-Renan.

L'étonnement transparaît sur le visage de Selma. Ses lèvres se pincent en un refus muet, elle ne dénoncera pas ses clients qui, eux, sont passibles d'une amende pour avoir recours à une prostituée. Mais cette soi-disant officière semble déjà en savoir long sur lui. Elle hésite sur les arguments à présenter. Prétendre qu'elle travaille seulement dans son appartement et ne se déplace jamais ?

— Qui vous a raconté ça ?

— Un meurtre a été commis au manoir avant-hier. La victime est Erwan Le Kork, qui vous servait de chauffeur. Son épouse nous a aidés à retrouver votre numéro de téléphone.

Chantelle perçoit la gêne de la jeune catin. Est-ce l'annonce du meurtre ou l'emploi du mot “épouse” ? Sa clientèle doit pourtant être principalement composée d'hommes mariés, et rendre des femmes cocues ne doit pas la perturber plus que ça. La prostituée délace les minces lanières de cuir qui lui entourent les mollets pour retirer ses élégantes sandales. Elle s'installe sur le canapé appuyé contre le mur, ramenant ses jambes sous elle. Sa main propose la place restante et le fauteuil lui faisant face, offrant le choix à cette étrange enquêtrice. La *sorcerez* profite de l'aubaine, se débarrassant rapidement de ses chaussures à talons fins. Elle prend son carnet de notes et vient se mettre au plus près de celle que Nathalie Le Kork lui a désignée sous le nom de « la pute de Coeuru ». Comme elle, elle s'assoit sur ses jambes repliées, leurs genoux au contact. Selma sourit de la position, se détendant enfin. Elle raconte sa première rencontre avec cet homme riche qui ne lésinait pas sur le prix, la déception de ses deux collègues, évincées pour avoir sous-estimé les desiderata du vieillard et pensé qu'un simple strip-tease suivi d'une fellation suffirait à le combler pour un mois. Elle avait pris le temps de discuter, d'écouter ses envies et ses attentes et avait su tenir compte de son âge avancé, sans chercher à le diminuer.

— Il aurait voulu que je lui parle avec un accent italien, mais je ne réussis pas à le faire. Mes racines se trouvent de l'autre côté de la Méditerranée. Je peux imiter les intonations kabyles, parce que ce sont celles de mes parents, ou brestoises, parce que c'est la ville où j'ai grandi, mais je ne suis pas assez bonne comédienne. Je simule le plaisir ou l'orgasme pour contenter mes clients, mais l'italien, non. J'en fais trop ou pas assez. Je crois que Coeuru veut surtout que je ressemble à Ornella. Il m'a montré des photos pour que je me coiffe et me maquille comme elle. Au début, c'était vexant. Mais tant qu'il paye…

Chantelle sourit doucement en finissant de noter la remarque. Elle pose sa main gauche sur la cuisse nue de la jeune femme, ne ressentant aucune appréhension de sa part. Au contraire, elle semblait presque l'attendre.

— Venons-en à la victime, Erwan, ou je ne sais pas comment tu l'appelais.

— Monsieur Erwan. C'est lui qui était chargé de me payer après. Disons que je ne recevais ma rétribution que si je lui offrais une petite prime. « Vu le prix qu'on te file pour ta courte prestation, j'estime avoir droit à un bonus ! N'oublie pas que c'est moi qui t'ai trouvé ce rôle ! » Moi, je ne cherchais pas à discuter, même si ça me dégoûtait un peu. Pas l'acte, non, on s'habitue malheureusement à tout, et j'en ai sucées des plus sales que la sienne. C'est le fait qu'il profite de son employeur et de moi. Je ne considère pas devoir le récompenser, il n'a fait que suivre la liste de Béné, ou plutôt d'Ornella.

La main de Chantelle caresse maintenant ouvertement la peau satinée des jambes bronzées, ressentant le crescendo des vibrations de plaisir chez la jeune femme.

— Merci pour ces renseignements. Ils seront bien utiles à l'enquêtrice officielle. Tu n'as pas à t'inquiéter, ton nom ne devrait pas être cité dans les rapports. Dommage que tu ne pratiques pas avec les lesbiennes, je devine pourtant chez toi une forte envie d'essayer…

Elle remet ses escarpins et dépose une carte de visite sur le bras du fauteuil.

— Au cas où tu aies oublié des détails, et aussi pour toutes autres choses…

Après avoir relevé ses lunettes sombres sur son front, elle offre un clin d'œil mystérieux à la call-girl et s'éclipse rapidement.

*

* *

Milieu d'après-midi du vendredi 17 juin 2022
Cuisine du Maner ar Treoualen, Saint-Renan

Jean-Marie Maugaron frappe à la porte battante de la cuisine, donnant sur la salle à manger. Michel remarque immédiatement l'air embarrassé du gestionnaire.

— Nous avons eu quelques mots tantôt, et je voulais m'en excuser. Cet assassinat et la recherche du meurtrier mettent tout le monde sur les nerfs ici. Les paroles dépassent parfois les pensées…

L'écrivain hésite un peu avant de lui retourner un sourire convenu, charriant le message « Voyons, ce n'est rien et c'est déjà oublié », répondant à l'hypocrisie par l'hypocrisie. L'homme fait signe qu'il désire entrer dans la cuisine, avec un air interrogateur. Michel lui tend une paire de surchaussures et une charlotte que Maugaron enfile sans sourciller.

Pénétrant dans la large pièce carrelée, il s'extasie facticement.

— Quelle installation ! Le grand luxe ! Vous devez avoir du plaisir à travailler dans cet environnement, car je suppose que vous ne disposez pas d'un tel niveau d'équipement chez vous. Pour quelqu'un qui cuisine aussi bien, c'est dommage. Vous n'avez jamais pensé à ouvrir un restaurant ? Si vous voulez vous lancer, contactez-moi, je prendrai des parts dans l'affaire. Avec votre talent, vous aurez rapidement foule.

Le compagnon de Chantelle se retient de grimacer d'écœurement devant tant de fausses cajoleries.

— J'ai déjà bien assez à faire avec ma carrière d'écrivain, et cela me suffit largement pour vivre.

Le gestionnaire trouve là un nouvel axe d'approche pour appâter sa cible.

— Oui ! Monsieur Coeuru m'a raconté cela, que vous avez publié différents ouvrages sous deux pseudonymes différents, et que certaines de vos productions étaient assez lestes. Je vous avoue que je ne suis pas un grand lecteur…

« Et pas même un petit », complète intérieurement Michel, se doutant que les seuls livres que fréquente l'homme sont “de compte”.

— Qu'importe, assure-t-il, tentant d'adoucir sa voix au maximum. Puis-je faire quelque chose pour vous ?

L'étincelle de gourmandise qui apparaît alors dans les yeux de Jean-Marie Maugaron fournit la réponse avant que la bouche ne s'en charge.

— Joe-Alderic est fatigué, sans doute le contrecoup de ces journées éprouvantes, et il ne souhaite pas prendre de collation cet après-midi. Mais…

Le cuisinier décide de s'amuser et coupe court à la requête.

— Madame Denise m'a fait prévenir qu'elle avait fort bien déjeuné et que, comme son fils, elle attendrait le dîner, de même pour ses infirmières.

Et il fait mine de tourner le dos pour se remettre à la préparation du repas.

Mais le gestionnaire l'interrompt dans son mouvement.

— C'est-à-dire que, moi, j'aurais bien aimé goûter encore une fois à votre délicieux chocolat chaud. Inutile de faire le service dans le salon, je peux le consommer ici sur un coin de table…

« Qui sait ? Cela nous apportera peut-être des infos supplémentaires ? » pense Michel avant d'acquiescer à la demande.

Sous le regard gourmand de Maugaron, il rassemble ses accessoires et commence la préparation, fouettant énergiquement le lait dans une jatte pour le rendre plus mousseux.

Il devine la langue de l'observateur qui court sur ses lèvres épaisses.

Celui-ci relance la conversation, sans doute pour s'occuper la bouche.

— Connaissez-vous l'histoire de ce manoir ? Comment le père de Joe-Alderic a-t-il pu avoir envie de s'installer à un tel endroit ? Un soudain besoin de dépenser une petite fortune pour se faire un gros plaisir, en une période très troublée économiquement… Imaginez que, s'il n'avait pas été un génie de la finance, il aurait pu s'engager dans de mauvais placements et tout perdre du jour au lendemain. Mais si Jacques-André Coeuru était un virtuose pour les affaires, ce n'était pas pareil pour choisir l'endroit où mettre son petit château. Pas même une vue sur le lac voisin, le lavoir, ou quelque chose dans le style…

Tournant le dos au bavard, le cuisinier lève les yeux au ciel.

— Il s'agit du lac de la Laverie, ou de Tréoualen. Si mes renseignements sont exacts, ce bâtiment a été érigé juste avant 1929 et la grande crise économique. Les lacs ne sont apparus que trente à quarante-cinq ans plus tard. Ils résultent de l'exploitation de l'étain. Le lac de la Comiren, précédant celui de la Laverie, tient son nom de la Compagnie Minière de Saint-Renan, fondé vers 1960 après la découverte d'un gisement alluvionnaire de dioxyde d'étain. Votre patron ne vous a jamais retracé l'histoire de sa ville ?

Question posée pour la forme, Michel se doutant du peu d'attrait que Maugaron porte à ce genre d'anecdote concernant des firmes ne lui rapportant rien.

— Peut-être, j'ai sans doute oublié ce détail… Et savez-vous pourquoi Joe-Alderic se prénomme ainsi ? Il m'a raconté cela lors de notre première rencontre, en découvrant que je m'appelle Jean-Marie. Son père, Jacques-André, a utilisé ses initiales pour désigner sa société, la JACCO, pour Jacques-André Coeuru Company. Travaillant beaucoup avec l'étranger, il a choisi l'orthographe britannique plutôt que la nôtre. Et pour que son fils puisse faire perdurer cette dénomination sans se sentir lésé, il lui a collé les mêmes initiales, J.-A. Mais Jacques-André n'aimait pas les Jean-quelque chose. Cela, Joe-Alderic n'a jamais pu m'en donner la raison. Jean-Alain ou Jean-Albert, ça aurait été très original, mais pas autant que Joe-Alderic, avec cette petite touche de breton à l'intérieur pour montrer que son gamin est du terroir…

— C'est prêt ! le coupe Michel, heureux de pouvoir ainsi mettre un terme à cette conversation sans intérêt.

*

*   *

Fin d'après-midi du vendredi 17 juin 2022
Maison de garde du Maner ar Treoualen, Saint-Renan

— Et, au niveau des relations intimes avec Erwan, tout allait bien ?

Nathalie regarde Chantelle de travers, hésitant à s'emporter de tant d'indiscrétion de la part de cette femme étrange qui n'est même pas une enquêtrice officielle !

Mais elle l'a un peu plus tôt mise sur la piste de cette petite pute que son époux allait chercher et raccompagner une à deux fois par mois.

Elle choisit donc de rester calme en répondant.

— Je suppose que oui, comme un couple qui allait fêter ses noces de porcelaine dans quelques semaines.

Chantelle repense à ses trois unions matrimoniales. Jamais elle n'aurait pu tenir vingt ans avec l'un ou l'autre de ses maris. Avec Michel, c'est différent. Dix ans qu'ils vivent ensemble. Pas de contrat, mais des accrocs que chacun accepte, voire même encourage pour maintenir la salubrité de leur ménage.

— Comment vous êtes-vous rencontrés ?

La *sorcerez* ressent immédiatement la réticence de Nathalie à répondre précisément.

— Dans un club sportif où l'on se croisait toutes les semaines. Il a flashé sur moi et je ne l'ai pas trouvé désagréable à regarder. Voilà tout, rien d'original.

— Vous n'avez jamais souhaité devenir parents ? Je crois que le frère d'Erwan n'a pas non plus d'enfant.

Est-ce une lueur de tristesse qui s'installe quelques secondes dans les yeux de la quadragénaire ?

— Pour Ronan, c'est Geneviève qui n'en veut pas. Elle considère qu'avec son travail où elle doit supporter les marmots toute la journée, comme elle dit textuellement, inutile d'en avoir en plus à la maison. J'ai toujours trouvé cette réflexion affreuse de la part d'une enseignante. Mais il y a beaucoup de choses que je ne comprends pas chez Geneviève.

Une courte pause, puis la veuve reprend son explication.

— Pour nous, c'est différent. Nous avions décidé d'attendre mes trente ans pour concevoir notre premier. Sans emploi fixe, nous vivions de petits boulots à droite et à gauche, intérim et CDD. Quand on a trouvé ce job, c'était une occasion à ne pas louper, notre premier CDI, bien payés, logés et nourris…

La phrase reste en suspens, mais Chantelle devine

la somme des ressentiments stagnants dans les non-dits.

Elle préfère changer d'angle d'attaque.

— J'ai discuté avec la prostituée pour qui Erwan servait de chauffeur.

Nathalie Le Kork tente de contenir les éclairs de haine qui parcourent ses prunelles, sans succès.

— Je vois que tu es au courant du petit pourboire qu'il demandait à Selma pour la course, indique Chantelle, cherchant à attiser cette colère pour déclencher une réaction, qui explose en une grimace de dégoût profond.

— J'avais horreur de lui faire ça, alors ça ne me dérangeait pas que cette putain s'en charge, rétorque la veuve un peu trop brutalement. Si chaque femme dont le mari s'est fait tailler une pipe par une autre devait lui tirer dessus, les armuriers feraient fortune ! Je dis "une autre", mais ça peut être "un", parce qu'il paraît que certains hommes aiment aussi sucer des sexes masculins. J'ai vite compris que, pour Erwan, c'était devenu comme une drogue, un fantasme qu'il pouvait assouvir tous les mois.

Une moue fataliste clôt la discussion.

*

*   *

Soirée du vendredi 17 juin 2022
Chambre de Chantelle et Michel, premier étage de l'aile droite du Maner ar Treoualen, Saint-Renan

Les lèvres de Michel viennent se poser sur la fesse gauche de Chantelle, allongée nue sur le lit. Clac ! Une petite décharge ! Il se recule vivement.

— J'espère que tu ne vas pas devenir comme Morrigane* et électrocuter tous ceux qui te touchent, plaisante l'écrivain en se frottant la bouche pour faire disparaître la désagréable ankylose. Cela risque de rendre ces bisous coquins bien moins sympathiques.

— Excuse-moi, je suis tendue. Ma rencontre avec cette prostituée m'a remis face à une sombre période de mon passé. En caressant Selma, j'ai retrouvé des sensations perçues à l'époque où je fomentais mes mauvais coups avec Klaudia et Katrina**. J'étais leur proxénète, leur Madame Claude, même si plus grand monde ne se souvient de cette femme. J'ai éprouvé des impressions identiques avec une épaisse couche de dégoût et de résignation. Mais les filles tentaient de la masquer sous une nappe d'envie de me contenter, et surtout elles adoraient tracasser ces maris adultères.

---

*Voir *Lame scélérate à Morgat*, même collection.
**Voir *Cavale à Brest*, même collection.

Les doigts de l'écrivain vont et viennent le long de la colonne vertébrale de son amante, s'amusant à générer des frissons de plaisir trémulant la peau mate et soyeuse.

— Et hormis cela, quelque chose d'utile à l'enquête ? demande-t-il sans s'arrêter, subodorant que la détente provoquée par ses caresses est plus que bienvenue.

Chantelle se mordille l'intérieur des joues.

— Elle m'a menti ! Un mensonge par omission, mais un mensonge tout de même. Elle a volontairement oublié de mentionner un point important. Malheureusement, je ne parviens pas à discerner ce à quoi il se rapporte. J'ai cru… mais non, ce fut trop fugace !

— Dis toujours ! propose Michel. Peut-être qu'alors, l'étincelle de tout à l'heure se transformera en un éclair de génie qui me frappera pour concevoir une explication valable.

— Nathalie ! Selma a pensé à elle. Ce n'étaient pas des remords d'avoir prodigué quelques caresses buccales à son mari. Pour cela, elle se considère avoir été forcée, même si elle aurait pu refuser. Mais dans notre époque troublée, on peut comprendre qu'elle soit prête à tout pour conserver un contrat aussi… juteux ?

Le cuisinier grimace devant l'association d'idées peu ragoûtante. Mais le balancement des fesses nues de sa compagne le ramène à un sujet bien plus agréable.

— Seule la gauche a eu l'honneur d'un bisou. La droite éprouve une profonde jalousie ! Et tu ne crains plus rien, car tes câlineries m'ont totalement déchargée électriquement. En revanche, elles ont fait exploser le niveau de mes réservoirs d'envies coquines !

VI

Matinée du samedi 18 juin 2022
Rue Saint-Yves, Saint-Renan

Michel passe sans s'arrêter devant la petite table sur laquelle s'étalent les tubes de crème à la bave d'escargot pour le visage. Est-ce le genre de substance qu'utilise Chantelle pour conserver une si belle peau et un tel teint de jeune fille, la rendant toujours fort appétissante pour un fin gourmet comme lui ? Mais il se dit que le secret vient d'ailleurs, n'ayant jamais croisé de gastéropodes gambadant dans le laboratoire qu'il a aménagé pour sa compagne dans l'ancienne grange attenante à sa maison de Plougourvest. Mystère de sorcières ! Un nouvel étal de légumes, un petit producteur de la région, la terre macule les carottes primeurs entourées de courgettes et de céleri-branche. Il se souvient du tableau stipulant les goûts et dégoûts de chacun des occupants du manoir. Joe-Alderic déteste ce que l'on nomme également le persil des marais ! Amusant, car avant l'exploitation de l'étain, responsable de la présence des lacs, Saint-Renan était surtout constitué de gwernioù* résultant très probablement du passage de l'Aber Ildut sur ses terres, aber maintenant restreint en un maigre ru longeant les lacs.

Beaucoup de monde déambule déjà tout au long de la rue Saint-Yves et des places qui prolongent cette voie restée dans le bain médiéval. Le grand parking central se remplissait doucement, mais sûrement, lorsque Michel est arrivé. Connaissant l'affluence, il est parti aussi tôt que possible du manoir, sans même s'occuper de débarrasser la table du petit-déjeuner ni de faire les chambres. Ces corvées attendront son retour. Il imagine les difficultés pour se garer dans un mois. En période estivale, le marché de Saint-Renan est une attraction à ne pas louper, avec ses nombreux commerçants, presque deux cents dont plus de la moitié sont des réguliers, des produits pour la plupart issus de la région, qu'ils viennent de la terre ou de la mer, des articles locaux et artisanaux. Tout l'été, la ville propose des animations supplémentaires à destination des touristes sur la place du Vieux marché, musique bretonne et chants de marins. Coup d'œil à sa liste de courses, l'étal situé un peu plus haut

*Marais, en breton.

paraît convenir pour une bonne partie des ingrédients qu'il y a inscrits avant de partir. La pancarte derrière le commerçant indique Milizac et bio, promettant un menu circuit court pour le repas de midi et un gaspacho à faible émission de carbone pour le soir, à condition de trouver de quoi épicer efficacement le potage froid. Et pour le lendemain ? Le cuisinier serre les dents en se souvenant de la recommandation de Chantelle, et surtout de l'inquiétude qui y transparaissait. « Inutile de trop te charger, l'enquête touche à son terme ! »

— Et pour le monsieur, qu'est-ce que ce sera ?

Michel sursaute. Perdu dans ses sombres pensées, il n'a pas remarqué que son tour était venu. Après un coup d'œil expert, il désigne pour commencer quelques généreuses courgettes qu'il imagine déjà farcir.

*

* *

Matinée du samedi 18 juin 2022, 10 heures

Maison de garde du Maner ar Treoualen, Saint-Renan

— Voilà la lecture pour la semaine ! indique la postière d'une voix enjouée.

Elle remet à Chantelle une épaisse liasse de journaux et magazines économiques étrangers. Même s'il n'est pas informatico-résistant et qu'il utilise fréquemment Internet pour le travail, Joe-Alderic reste attaché au papier, entre autres pour consulter la presse française et internationale. La factrice sort un autre pli de sa sacoche.

— J'ai ça aussi, mais c'est pour la petite dame qui est là d'habitude. Vous lui remettrez ?

La *sorcerez* acquiesce, reconnaissant sur la grande enveloppe le nom de l'agence de voyages renanaise.

Entre ses doigts fins, le papier s'exprime, racontant traversée et découverte, disant soleil et mers chaudes, promettant détente et bon temps, criant départ et éloignement !

Rien d'étonnant de la part d'un courrier provenant d'un tel établissement, vendant des semaines de rêves plus ou moins élaborés selon le budget des demandeurs. Elle hésite entre déposer ce courrier intact sur la table pour que Nathalie le trouve en revenant de sa promenade ou y jeter un coup d'œil rapide afin d'obtenir plus de détails sur cette utopie programmée. L'honnêteté dicte la première option ! Mais est-il bien utile de faire souffrir la veuve en lui imposant les images de ce vœu qui ne sera jamais exaucé, ou du moins pas en compagnie de celui avec qui elle avait prévu de le réaliser ? La lame du fin stylet vient trancher net le haut de l'enveloppe.

Chantelle déplie le courrier accompagnant les brochures aux photographies colorées, secouant lentement la tête en consultant les renseignements indiqués.

*

* *

Milieu de matinée du samedi 18 juin 2022
Jardins du Maner ar Treoualen, Saint-Renan

Nathalie se promène sans vraiment regarder où elle va. Ici dans la propriété, peu de risque de se perdre à moins de s'enfoncer dans les sous-bois. Mais ceux-ci n'ont pas été aménagés pour baguenauder. « Quel gâchis ! », pensait Erwan. Il avait plusieurs fois tenté de convaincre Joe-Alderic Coeuru des avantages d'un bel agencement. Avec l'aide de Stéphane, il avait même conçu un dossier descriptif, avec divers plans, budget et calendrier de réalisation. Aux dernières nouvelles, le propriétaire du domaine était prêt à accepter, à condition que plusieurs chemins puissent être empruntés par le fauteuil roulant de sa mère. Mais s'il a fini par dire oui, n'était-ce pas plutôt pour que son employé cesse de l'importuner avec ce qui lui tenait à cœur ? Coeuru va-t-il le mettre en œuvre ? Nathalie chasse cette pensée de son esprit. Elle ne sera plus là pour le voir. Elle sait déjà où elle partira, ses parents ont libéré sa chambre de jeune fille pour l'accueillir, au moins pour quelque temps. Pour le travail, aucun problème non plus. La restauration peine à recruter. Il ne reste plus qu'à savoir quand elle pourra enfin quitter ce manoir-prison.

Ses pas l'ont menée au perron du tronçon central. Un bruit de moteur diesel dans son dos. Elle reconnaît le ronronnement caractéristique de la fourgonnette blanche de Stéphane. Le véhicule passe devant les statues grecques pour aller se garer dans le hangar réservé au personnel. Que vient-il faire ici aujourd'hui ? Est-ce l'officière de gendarmerie qui l'a convoqué ?

Cette jolie femme lui a tapé dans l'œil, elle l'a remarqué. Va-t-il lui parler de la bêtise qu'ils ont faite ensemble ? Quelle idiote, et quelle folie ! Voilà Stéphane qui ressort du hangar. Sa tenue et les outils qu'il porte sur l'épaule réfutent son idée, il est venu pour travailler. Elle ne peut contenir une grimace : celui-là est comme Erwan, à ne pas savoir s'arrêter ! Pourtant, la parcelle peut patienter deux jours avant d'être bêchée, binée, ratissée ou quoi que ce soit d'autre !

Remarquant que Nathalie l'observe, Stéphane se dirige vers elle. Mais un rapide coup d'œil au deuxième étage le retient de trop s'approcher. Là-haut travaille la jolie lieutenante. Elle peut à tout moment venir prendre l'air sur l'avancée de la porte-fenêtre ouverte, les voir et s'étonner de leur proximité. Il préfère donc rester à une distance respectable et respectueuse de la veuve.

— Bonjour, Nathalie. J'espère que tu t'es bien remise…

La bouche de la quadragénaire se tord en un sourire de remerciement contrarié.

— Merci, Stéphane. Oui, mon état s'améliore doucement, bien que j'ai du mal à m'endormir. Mais ça ira encore mieux lorsque je serai partie d'ici, ajoute-t-elle après une hésitation.

Une ombre de désappointement passe sur le visage du jardinier.

— Oui, bien sûr. Coeuru va vous trouver des remplaçants. Avec le fric qu'il a, ça ne devrait pas être trop difficile. Tu pars loin ?

— Non, chez mes parents à Morlaix.

Le sourire que lui adresse Stéphane appelle une suite, mais le « je pourrai facilement venir te voir » qu'il attend ne vient pas. Alors, tentant de ne pas montrer sa déception, il opine de la tête et pointe ses outils du doigt.

— J'ai du boulot, je dois y aller !

*
*   *

Milieu de matinée du samedi 18 juin 2022
Bureau de Joe-Alderic Coeuru, Maner ar Treoualen, Saint-Renan

Les mains posées sur la rambarde du court balcon du bureau, Laurence observe le jardinier qui s'éloigne en direction de l'aile gauche. Le vent portant, elle n'a rien perdu de la conversation, une discussion banale entre deux personnes qui se connaissent depuis plusieurs années, des collègues de travail plus que des amis. Toutefois, quelque chose la trouble dans cet échange. Dans son dos, le gendarme Jodoin interrompt sa méditation.

— On a un retour de la Financière ! Je pense que ça va t'intéresser…

Alors qu'elle se penche sur l'écran de l'ordinateur pour lire le message reçu, quelqu'un frappe à la porte. Et avant même que son subordonné se soit levé, le battant s'entrouvre et la tête de Joe-Alderic Coeuru apparaît.

— Lieutenante Rousseau, un détail m'est revenu en mémoire. J'ai jugé qu'il pourrait être utile à l'enquête que je le porte à votre connaissance.

Et sans attendre l'autorisation, il pénètre dans la pièce et s'installe dans le siège en face du bureau.

Sébastien a remarqué la courte hésitation de l'homme, habitué à s'asseoir de l'autre côté du meuble.

— Je me suis souvenu d'une anecdote survenue assez récemment, quelques mois tout au plus, et qui concerne le jardinier, monsieur Sylvain Janbrisson…

— Stéphane, le corrige Laurence, se prenant en retour un regard noir de Coeuru qui n'aime pas être contredit.

— Peu importe. C'est assez gênant, je me fais tirer les oreilles par Jean-Marie, mais il m'arrive d'autoriser mon employé à effectuer des heures supplémentaires lorsque c'est nécessaire. Et j'avoue que ces heures ne sont pas déclarées, un simple arrangement entre nous. Enfin, il faudrait plutôt dire qu'il s'agissait d'un arrangement entre lui et Erwan, qui se chargeait de régler monsieur Janbrisson. Il y a trois mois je crois, il y a eu beaucoup de ces extra. Je me souviens de la somme, car c'est moi qui la récupère dans le coffre pour la mettre dans l'enveloppe, tapant dans le budget des frais exceptionnels alloué par le gestionnaire. Je n'ai peut-être pas une bonne mémoire pour les prénoms, mais elle reste excellente quant aux chiffres. Il s'agissait exactement de quatre cents euros. Quelques jours plus tard, alors que je prenais l'air, j'ai remarqué Sylvain, ou Stéphane, qui téléphonait avec l'un de ces nouveaux joujoux que les aficionados achètent à prix d'or. J'ai entendu dire que certains sont capables de patienter toute la nuit dans une file d'attente afin de figurer parmi les premiers à obtenir la dernière version. Il a raccroché et s'est excusé, m'expliquant qu'il venait de décommander un client pour pouvoir terminer le réaménagement d'une parcelle dans mon jardin. Cela m'importait peu, mais j'ai voulu faire l'intéressé et, désignant son portable, je lui ai demandé si c'était grâce à ses heures supplémentaires qu'il avait pu se l'offrir. Il m'a répondu que non, deux cents euros n'étaient pas assez pour se le payer, même s'il s'agissait d'un modèle reconditionné d'une génération précédente. Je l'ai immédiatement corrigé, lui affirmant que ce n'était pas deux cents, mais quatre cents euros. Il a alors semblé perplexe, mais n'a pas poursuivi la polémique. Y repensant, je me suis demandé si Erwan ne prenait pas sa part sur le bonus octroyé au jardinier et si ma gaffe n'a pas mis la puce à l'oreille de ce dernier. Ceci lui aurait donné une bonne raison d'en vouloir à mon homme à tout faire.

L'enquêtrice réfléchit rapidement. Le larcin, s'il est réel, ne concernait pas des sommes astronomiques. Tue-t-on pour cela ? Elle était bien placée pour savoir que oui, malheureusement !

— Monsieur Janbrisson effectue souvent des heures supplémentaires ?

— Il ne rechigne pas à la tâche et n'hésite pas à s'investir lorsque cela est nécessaire. Je répondrai donc par l'affirmative. Il y a peu de mois où je ne suis pas obligé de lui octroyer une prime. Je préfère agir de la sorte, quitte à enfreindre la loi en ne déclarant pas ce surplus de salaires. Vous vous doutez bien que je ne procède pas ainsi pour économiser les taxes patronales, mais uniquement pour complaire à la demande de mon employé. Les bons ouvriers sont de nos jours tellement difficiles à trouver, et surtout à garder, que j'ai osé prendre ce petit risque sans grandes conséquences pour l'état déjà désastreux de nos finances publiques.

La lieutenante Rousseau remercie Joe-Alderic Coeuru, préférant l'interrompre avant qu'il ne se lance dans une discussion politicienne sans aucun intérêt pour l'investigation. Elle est maintenant pressée de consulter le message reçu de son collègue du DEFI*. Enfin, le propriétaire des lieux quitte son bureau, comme à regret. Laurence retourne à la table où son subordonné réaffiche le courriel. Mais elle n'a pas le temps de se pencher sur l'écran qu'on frappe à nouveau. Se retenant de sourire, Sébastien se lève pour aller ouvrir. Peine encore perdue, le visage de Chantelle apparaît dans la porte avant qu'il ne l'atteigne.

*Département délinquance économique et financière.

— J'aurais dû m'en douter ! fulmine l'enquêtrice. J'espère pour toi que tu as une bonne raison de venir m'emmerder, sinon…

— Sinon quoi ? s'amuse la *sorcerez*. Je présume pourtant que, lorsque monsieur Coeuru est passé t'importuner juste avant que je ne le fasse, tu ne le tanças point de la sorte. Favoritisme ?

— Arrête tes simagrées ! On dirait bien que la Financière a découvert des choses pas très nettes à propos de monsieur Maugaron, et je voudrais savoir de quoi il s'agit.

Sans se gêner, Chantelle vient se placer à côté de son amie pour lire le rapport émis par le département spécialisé dans l'épluchage des comptes bancaires. Elle peine à comprendre tous les points exposés, étant peu habituée au vocabulaire utilisé. Mais la conclusion est suffisamment claire : détournements de fonds, paris en ligne et suspicion d'appartenance à plusieurs cercles de jeu.

— Pour résumer, le gestionnaire tape dans la caisse pour aller dépenser cet argent sur les tapis verts. Ça ne m'étonne pas, mais tes collègues experts en chiffres peuvent-ils te dire si Erwan l'avait découvert ? Je suppose que, si ça avait été le cas, il ne se serait pas gêné pour demander un petit bonus "silence" à Jean-Marie. Or, je n'ai pas remarqué de ligne "chantage" dans ce rapport touffu…

Laurence se tiraille l'oreille, perdue dans ses réflexions. Sébastien lance une proposition.

— Le Kork n'a peut-être découvert cela que très récemment. Il a réclamé de l'argent à Maugaron qui a promis de lui donner mercredi, se souvenant que, ce jour-là, son maître chanteur s'adonnait à sa passion du tir sur cible…

— Il espérait trouver de l'or, mais il n'a récolté que du plomb ! poétise la *sorcerez*. Toutefois, cela ne dit pas comment Erwan a pu découvrir le vice de cet homme.

Tout en se posant la question, Chantelle réfléchit aux différentes éventualités.

— Avec un tel rapport, je suppose que tu peux demander la liste des communications téléphoniques de Maugaron.

La lieutenante sourit, comprenant immédiatement le cheminement d'idées de son amie.

— Le Kork aurait entendu une conversation téléphonique entre le gestionnaire et son débiteur ? Ce n'est pas impossible. Séb, tu lances l'équipe brestoise là-dessus, en ne regardant dans un premier temps que les appels envoyés ou reçus alors que Maugaron se trouvait à Saint-Renan…

Le gendarme n'avait pas attendu l'ordre de sa supérieure pour commencer à remplir le formulaire de demande. Laurence repense à l'arrivée de son assistante non officielle.

— Pourquoi venais-tu me voir au fait ?

— À ton avis, la découverte d'un trafic de drogue – certes de petite envergure, mais trafic tout de même – peut-elle être la raison de l'assassinat ?

L'enquêtrice lève les yeux au ciel. Allons bon ! Il y a une heure, elle peinait encore à trouver un motif pour ce meurtre. Et la voilà maintenant avec trois possibilités.

— Précise ! demande-t-elle, espérant presque que ceci n'est qu'une mauvaise blague de la *sorcerez*.

— Michel est un vilain garçon, il fouille les poubelles ! Et dans celle de l'infirmière de garde, il a découvert une ordonnance du médecin qui s'occupe de Denise Coeuru, avec prescription d'un dérivé de morphine…

Haussement de sourcils, manque de certitude, Laurence attend les éclaircissements.

— Je peux te garantir que la mère de Joe-Alderic n'a pas besoin de ce genre de produit et qu'elle n'en consomme pas. Cela se remarquerait immédiatement. De plus, Michel a vérifié dans l'armoire à pharmacie, les médicaments n'y sont pas. Nous sommes dans une propriété privée, nulle obligation d'enfermer ces boîtes dans un rangement verrouillé.

La lieutenante fait la moue. Ces dérivés morphiniques font d'évidence l'objet de trafics. Plusieurs médecins ont d'ailleurs été interrogés à ce sujet dans les années précédentes. Ordonnances de complaisance ou rédigées sous la menace.

— Pourtant, tu as touché l'une d'elles et tu as juste ressenti une légère culpabilité. Se peut-il que le sortilège lancé par ta collègue sur le domaine dégrade également tes pouvoirs ?

Chantelle hausse les épaules tout en réfléchissant à l'idée.

— Pour l'altération de mes dons, je t'avoue que je ne suis sûre de rien. Je suppose que les incantations proférées par Maelyne sont tirées du *levr du*, le grimoire noir, que je n'ouvre jamais. Je ne connais pas leurs portées. D'ailleurs, je pense qu'elle ne saurait pas non plus. Et pour la culpabilité que j'ai ressentie en touchant Yvonne Kergalen, rien ne dit que c'est elle qui a appuyé sur la détente, car il est évident qu'Irène Mesdun est complice.

Sébastien retrouve rapidement les rapports d'interrogatoire des deux infirmières. Kergalen était en compagnie de Denise Coeuru dans le petit salon, Mesdun s'installait dans sa chambre avant de rejoindre sa collègue.

— Elles prétendent être ensemble lors des coups de feu, mais madame Coeuru n'a qu'insuffisamment confirmé, car elle était somnolente. Au demeurant, elle s'est étonnée d'avoir été dans cet état à cette heure avancée de l'après-midi.

Consultation du plan du manoir. Dans le couloir du rez-de-chaussée de l'aile occupée par la mère de Joe-Alderic et ses soignantes, une porte permet d'accéder directement au couloir de service arrière de la partie centrale, avec ses deux portes donnant sur le jardin où se trouve le pas de tir. L'une ou l'autre des deux infirmières aurait pu ainsi rejoindre vite fait les lieux du crime pour commettre son forfait.

Les lèvres de l'enquêtrice officielle prononcent « merde » en silence. Voilà qu'elle se retrouve maintenant avec trois mobiles valables, même si celui de Stéphane Janbrisson lui paraît moins solide. Dans ce cas, une explication verbale ou musclée entre hommes aurait plus facilement réglé ce problème de paye détournée que deux balles dans le buffet.

Ressentant la perplexité de son amie, Chantelle hésite à ajouter le nom de Joe-Alderic Coeuru à sa liste de suspects. Elle sait que celui-ci lui cache des choses, très probablement un motif d'assassinat. Et sa prétendue perte de connaissance au moment du meurtre n'améliore pas son cas.

La sonnerie du téléphone de la lieutenante la tire de ses réflexions. La *sorcerez* remarque l'étonnement qui infléchit les sourcils de Laurence en voyant le nom de Geneviève Le Kork s'afficher sur l'écran.

*
* *

Fin de matinée du samedi 18 juin 2022
Jardins du Maner ar Treoualen, Saint-Renan

Michel a abandonné quelque temps sa cuisine pour profiter du soleil de cette fin de printemps. Le repas n'a plus qu'à être servi et le ménage des chambres est fini, il dispose donc de quelques minutes de liberté. Intrigué par les statues qui s'alignent à l'entrée du jardin, il vient regarder celles-ci de plus près. Deux d'entre elles montent la garde de part et d'autre de l'allée centrale menant au perron du manoir, Zeus à gauche et Hermès à droite. Le dieu des dieux fait face à celui du commerce, un choix non étonnant de la part de la famille Coeuru. Mais, pour les Hellènes, l'attribution de dieu du commerce s'accorde avec celle de dieu des voleurs. Ironie ou clairvoyance, se demande l'écrivain avant de passer à la statue située à l'extrême droite. Proche du bâtiment servant de parking aux visiteurs, Poséidon tient la pose, son éternel trident à la main et son filet sur l'épaule. Certes, la mer ne se trouve pas trop loin ; il suffit de retrouver l'Aber Ildut à la sortie du domaine et de le suivre pour arriver au port de Lanildut. Michel s'étonne toutefois de ce choix. Il se demande si la fortune des Coeuru ne provient pas en partie de l'océan. Pour sa part, il aurait plutôt placé là quelque déesse callipyge, la belle Aphrodite, la fine Athéna ou la fougueuse Artémis. D'un pas lent, il revient au coin opposé, vers le hangar réservé aux véhicules du personnel et de service. Ici se tient Hadès, dieu des enfers et du monde souterrain, reconnaissable à son sceptre à deux fourches et à la corne d'abondance remplie de fruits posée à ses côtés.

L'attention de Stéphane Janbrisson est attirée par le manège du cuisinier. Il délaisse temporairement le désherbage du massif d'œillets pour venir discuter avec lui.

— Vous aimez ce genre d'ornement ?

— Je préfère vos compositions florales au charme ancien de ces vieilles pierres taillées. Et surtout, je suis peu amateur de grands barbus, très musclés et en tenue légère. J'aurai penché pour quelques rondeurs plus affriolantes.

Le jardinier rit de cette réplique, accompagnée d'un mime descriptif et suggestif.

— J'avais discuté avec Erwan, savoir si monsieur Coeuru aurait accepté de les faire retirer. Mais je n'ai jamais obtenu de réponse à cette demande. Peut-être que le propriétaire veut les conserver en souvenir de son père qui les a choisies au moment de la construction. C'est dommage, car j'ai bien des idées pour les remplacer, surtout les deux qui sont situées à l'arrière. Elles sont bien plus encombrantes que celles-là.

Michel se souvient en effet de ces deux autres représentations, mais il ne les a que rapidement aperçues lors de la visite du manoir au pas de course.

— Encore des dieux grecs ? demande-t-il, remarquant immédiatement l'ombre d'incertitude qui s'installe dans les yeux de Janbrisson.

— Je crois bien, oui. Mais les noms ne sont pas indiqués. Il y en a un qui tape sur une enclume avec un gros marteau. J'ai pensé à Thor…

— Thor est le dieu nordique du tonnerre, le corrige l'écrivain. Il n'a pas sa place ici, à moins d'un énorme manque de goût des créateurs de ces jardins. J'opterais plutôt pour Héphaïstos, dieu grec du feu.

Un haussement d'épaules circonspect répond à cette rectification.

L'homme retiendra-t-il ce nom alambiqué ? Peut-être eût-il mieux valu lui parler de Vulcain, plus accessible, mais romain ?

— Comme celle-là, l'autre statue tient une fourche à deux dents. Je suis allé regarder de près si une troisième avait été cassée, mais si c'est le cas, c'était il y a longtemps parce qu'on ne voit rien qui dépasse. Des crânes de squelettes sont dessinés sur la ceinture de ce dieu, et il a un gros chien à trois têtes à côté de lui. Madame Denise déteste cette statue. Elle la trouve effrayante, horrible…

Une courte sonnerie s'échappe de la tablette de Michel. Les convives arrivent dans la salle à manger, il est l'heure de retourner travailler !

VII

Début d'après-midi du samedi 18 juin 2022
Maison de garde du Maner ar Treoualen, Saint-Renan

Chantelle arrête le tricycle électrique derrière la maison de garde à l'entrée du domaine. Le niveau de la batterie frôlant le rouge, elle branche le véhicule sur le câble à enrouleur prévu à cet effet avant d'entrer, se disant que Le Kork était un génie de l'organisation pour avoir conçu un tel système, invisible aux visiteurs. À l'intérieur, en revanche, le désordre est total. Nathalie Le Kork semble avoir été prise d'une frénésie de dérangement. Arrivant avec un énorme sac-poubelle déjà passablement rempli, elle ramasse plusieurs vêtements traînant au sol pour les fourrer dedans.

— Il faut que je me sépare de toutes ses affaires ! explique-t-elle, essoufflée. Je vais les donner aux associations. Elles sont toutes en excellent état. Au moindre accroc ou tache non lavable, on nous ordonnait de les remplacer. Les Coeuru nous voulaient toujours impeccables !

Tirant sur les liens, elle ferme le sac et l'envoie sur une pile au bout du couloir, puis en attrape un vide dans la poche de son tablier. Mais Chantelle l'interrompt avant qu'elle n'ait le temps de le déplier.

— Tu m'as demandé de passer te voir. Je suppose que ce n'est pas pour t'aider à faire ce tri…

Le ton sec calme immédiatement l'ardeur de la veuve qui fait signe de la suivre. Elle se rend dans la petite pièce de vie où toutes les portes des meubles sont ouvertes. Sur la table, elle attrape une clef USB.

— J'ai trouvé ça dans la cachette. C'est une planque qu'Erwan a creusée pour y fourrer des choses qu'il ne voulait pas que Coeuru puisse voir. Il ne me disait pas tout ce qu'il y mettait, mais il m'a montré l'endroit où elle se situe ; il devait se dire que, curieuse comme je suis, j'aurai fouiné partout pour la découvrir. Et il avait raison, parce que j'en avais presque oublié l'existence. À l'intérieur, il y avait de l'argent, un beau paquet, je crois, mais je n'ai pas compté, et ce truc de stockage. Je suppose qu'il s'agit du bouquin qu'il écrivait. J'imagine qu'il faisait ça pour se défouler, car il n'y est pas tendre avec les Coeuru ou avec Maugaron ni même avec les infirmières qui sont pourtant moins hautaines que les autres. Ce livre est paradoxal étant donné qu'Erwan adorait son boulot et qu'il ne l'aurait quitté pour rien au monde. Rien ni personne, ajoute-t-elle avec une tristesse imprimée au fond du regard.

— En avait-il parlé à monsieur Coeuru ? demande Chantelle en récupérant l'objet.

Les lèvres de la veuve se pincent en une moue indécise.

— Je n'en suis pas sûre, mais je le crois bien. Il ne me l'a pas avoué ouvertement, mais je pense qu'il a gaffé auprès de lui. C'était dans ses habitudes… La dernière fois que je lui ai demandé s'il l'avait dit au patron, j'ai remarqué son air gêné et j'ai compris tout de suite qu'il avait fait une bévue, alors j'ai préféré ne pas insister, sinon je me serais pris une engueulade. C'était aussi dans ses habitudes de me coller ses propres conneries sur le dos. Et là, je m'en foutais qu'il déballe tout sur son bouquin au principal concerné. Vous pensez que…

Bien qu'elle ne termine pas sa phrase, la compagne de l'écrivain attendait cette question.

— Je vais proposer à Michel de le lire afin qu'il donne son avis, mais il ne pourra pas faire plus.

La déception n'apparaît pas sur le visage de Nathalie. Elle n'espérait rien. D'ailleurs, a-t-elle jamais cru que son mari puisse trouver une maison d'édition pour son ouvrage ? Chantelle se demande comment son auteur prévoyait de le diffuser. Peut-être que le buzz créé par son assassinat pourrait faire un best-seller du seul et unique livre d'Erwan Le Kork. La veuve se remettant au dépliage de son sac-poubelle, la visiteuse se retire sans un mot.

*

*   *

Milieu d'après-midi du samedi 18 juin 2022
Bord du lac de Ty Colo, Saint-Renan

Michel peine à maintenir le rythme de Chantelle. Il en vient à se demander si sa compagne se promène ou si elle fuit. Et la tension qu'il ressent dans la main qui serre la sienne le fait plutôt opter pour le second choix. Elle a peur, sans aucun doute ! Mais elle ne dira pas pourquoi. Lui proposer de ne pas retourner au manoir après leur pause de l'après-midi ? L'écrivain n'essaiera même pas ! Il a été peu étonné lorsque Chantelle est venue le chercher juste après le service du goûter dans le grand salon. Sans même demander la permission à Joe-Alderic Coeuru, elle a décidé d'aller prendre l'air autour d'un lac. Elle a choisi Ty Colo, sans doute le plus grand des cinq plans d'eau sis sur la commune de Saint-Renan, qui a été aménagé pour les activités de loisir. Il est surtout bien plus éloigné de Tréoualen que celui de la Comiren.

Même Laurence n'était pas prévenue de cette escapade. Du fait, elle n'avait pas indiqué leur passage aux gendarmes filtrant les sorties. Un appel en urgence à la lieutenante s'est montré nécessaire pour que les matons les autorisent à quitter le manoir. Durant le court trajet en voiture de Tréoualen au parking de Ty Colo, Michel a préféré rester silencieux. Il se doutait qu'il n'obtiendrait aucune réponse à ses interrogations soucieuses. Sa conductrice n'a pas desserré les dents, laissant sans pudeur transparaître son inquiétude dans son comportement. Elle sait son amant capable de comprendre l'inutilité de l'assommer de questions ineptes qui ne feraient que renforcer son mal-être.

Beaucoup de monde a choisi comme eux de venir se promener ici. Les gens prennent l'air, se détendent et admirent les amateurs s'essayant au premier téléski nautique installé en Bretagne, bien moins bruyant et plus respectueux de l'environnement que les hors-bord à moteur. Mais les wakeboarders n'intéressent pas la sorcerez. Trouvant enfin un banc disponible, elle y tire Michel.

— Serre-moi contre toi, fort !

Ce faisant, l'écrivain ressent une nouvelle fois l'angoisse qui étreint sa compagne. Mais il ne sait toujours pas quoi faire ni dire, se doutant que ses conseils ne seront pas suivis. Quel lien étrange la rattache à ce manoir de malheur ?

— Tu as pu lire le livre d'Erwan ?

— Rapidement, et en diagonale. Je suppose que tu ne souhaites pas une analyse sur son style. En résumé, il y a un certain talent, mais on sent le débutant. Pour le fond, je ne sais pas si tout est vrai. Toutefois, ces derniers jours passés à Tréoualen me poussent à croire que oui. Coeuru et Maugaron en prennent pour leur grade. Ensuite, je ne fréquente pas assez le monde de la finance pour dire s'ils seront reconnaissables une fois leurs noms modifiés. D'après ce que tu m'as raconté, Coeuru reçoit peu, et principalement des chefs d'entreprises qui viennent pour demander des sous. Seuls ceux-ci pourront éventuellement faire le rapprochement s'ils lisent le bouquin, car ils connaissent le manoir, son propriétaire et le personnel. Mais étant donné leur rapport avec l'incriminé, ils resteront indulgents à son égard et ne cafteront pas. Je pense qu'avec un lectorat aussi réduit et bienveillant, le scandale national n'est pas près d'éclater. À moins que quelqu'un d'autre ne s'amuse à le lancer, par exemple sur les réseaux sociaux…

— J'ai interrogé Joe-Alderic, en lui faisant bien comprendre qu'il n'était plus temps de nous embobiner. Il a entendu parler de ce livre. Le Kork lui a seulement dit qu'il raconte la vie du couple ici. J'ai automatiquement traduit en « ce que subit le couple ici ». Coeuru est très énervé sur ce bouquin, j'ai subodoré qu'il le considère comme une trahison de la part de son employé, sans saisir la raison pour laquelle Erwan l'a écrit. D'ailleurs, sa lecture a-t-elle pu te renseigner à ce sujet ?

— J'y ai senti une soif de défoulement. Le Kork avait besoin de tout balancer pour se libérer l'esprit. Il a trop longtemps fermé sa gueule pour sourire et obéir. Composer cet essai lui a permis d'ouvrir les soupapes et d'expulser un trop-plein de vapeur qui risquait de le pousser à l'explosion. A-t-il voulu faire chanter Coeuru avec cette biographie ? Rien n'est impossible, mais, comme je l'ai dit, je ne pense pas que le scandale provoqué par ce brûlot soit de grande portée. À mon avis, ce livre ne représente pas un motif suffisant pour abattre son auteur...

— D'autant plus que ça ne changera rien si la veuve décide de le proposer à un éditeur. Toutefois, j'avance cette idée sans savoir comment ça se passe au niveau légal, il faudrait demander à un avocat ou à un notaire. Peu importe ! Ce qui m'énerve, c'est que Joe-Alderic ait attendu aussi longtemps pour en parler, j'ai presque dû le menacer pour qu'il me raconte tout cela.

Michel offre un sourire compréhensif en réponse aux rouspétances de sa compagne, mais il sent qu'elle ne cherche qu'à dissimuler la cause réelle de son malaise, toujours intensément palpable.

— Ce soir, tu prépareras le repas et la table pour tout le monde, les Coeuru, les infirmières, Nathalie, Maugaron, Laurence et Séb, plus nous deux et Stéphane Janbrisson !

— Onze personnes ! s'étonne le cuisinier après un calcul rapide. Je présume que tu n'as pas demandé la permission au maître de maison avant de prendre une telle décision. Il ne sera de toute façon pas d'accord.

Chantelle ne répond pas. Elle sait que son conjoint lui obéira, trouvant un moyen pour confectionner ce dîner-surprise le plus discrètement possible. Elle doit maintenant avertir la lieutenante et son subordonné, ainsi que le jardinier pour qu'il se mette dans une tenue correcte. Ce soir est le dernier soir, la douleur lancinante qui lui taraude la poitrine la prévient de cet ultimatum !

*

*　*

Soirée du samedi 18 juin 2022

Grand salon et salle à manger, section centrale du Maner ar Treoualen, Saint-Renan

Chantelle tapote son verre à eau avec le dos de son couteau pour attirer l'attention de tout le monde autour de la table. Elle attend que les dix personnes tournent la tête vers elle pour parler.

— Nous allons maintenant tous nous retrouver dans le bureau de Joe-Alderic. Michel vous y servira un digestif ou une boisson chaude avant que la lieutenante Rousseau ne nous annonce les dernières et nombreuses avancées de son enquête.

Elle observe les réactions sur les visages de l'assistance. Irène Mesdun et Yvonne Kergalen semblent apprécier ce changement de rythme dans leur immuable protocole. Installée entre les soignantes, Denise Coeuru n'abandonne pas l'air pincé qu'elle a adopté dès l'apéritif, lorsque Chantelle a retiré ses verres fumés et laissé ses yeux impressionnants à la vue de tous. Pour elle, cet affront diabolique a outrepassé tout le reste ! Prévenus du scénario, Laurence, Sébastien et Michel parviennent à demeurer stoïques, même si la *sorcerez* devine la jubilation mêlée d'inquiétude de son compagnon qui aimerait bien que tout cela se termine rapidement. Nathalie Le Kork regarde l'ensemble d'un œil suspicieux, n'arrivant pas à comprendre où cette étrange soirée va les mener. Stéphane Janbrisson ne réussit pas à se détendre. Il ne se sent pas à sa place, et regrette maintenant d'avoir passé cette tenue ! Pour l'occasion, il a sorti sa veste la plus habillée du placard où elle croupissait depuis plusieurs années. Les quelques coups de brosse portés de travers n'ont pas suffi à la rafraîchir ni à élargir les épaules. Car jardiner est un métier développant certains muscles, et le vêtement est dorénavant trop ajusté au corps du paysagiste. Il jette un regard tourmenté vers celle qui s'est proclamée maîtresse de cérémonie, en une demande silencieuse pour savoir s'il doit également monter dans ce bureau où il n'est jusqu'alors rentré que pour se faire interroger par l'enquêtrice. Le lent mouvement de tête qu'il reçoit en retour ne le rassure pas plus que le gris acier aux troublantes irisations des yeux de la femme. Jean-Marie Maugaron hésite entre amusement et agacement. Comme les infirmières, il apprécie cette rupture des habitudes et a hâte de découvrir la suite des surprises que réserve cette soirée. Mais constatant que son patron est passablement irrité par ce manège non programmé, il ne peut que se ranger à l'avis du chef et se retient de sourire autant que possible. Toutefois, il espère bien que la promesse d'un digestif sera tenue et surtout que le cuisinier sait où se trouve cette bouteille de cognac au prix exorbitant pour la présenter sur son plateau.

Quant au propriétaire des lieux, Chantelle ne prend même pas la peine de se tourner vers lui, car elle connaît déjà son état d'esprit. Lorsque, arrivant à l'heure du repas, il a été redirigé vers le grand salon pour découvrir l'apéritif préparé en cet endroit sans même lui en demander la permission, son regard s'est étréci. Mais l'acier flamboyant des yeux de la *sorcerez* a annihilé sa volonté de riposter qu'il était le maître du château et que personne ne faisait rien ici sans son autorisation ! « Nous avons décidé de dédier cette dernière soirée à Erwan ! » a annoncé Chantelle quand toute l'assemblée s'est trouvée réunie dans la vaste pièce, sans préciser que le « nous » qui a décidé n'était constitué que d'elle seule. Cette déclaration imprévue a empêché Joe-Alderic de s'emporter, par respect pour son employé décédé trois jours plus tôt. Il a espéré un moment que cette mascarade ne durerait que le temps de cet apéritif improvisé et que ces importuns dégageraient ensuite pour les laisser souper tranquillement. Ce gendarme sans grade et ce jardinier mal fagoté n'avaient rien à faire ici ! Il ferait encore une fois exception pour ce qui est de Nathalie, surtout après avoir appris que cette soirée est dédiée à son défunt époux. De plus, elle a fait un effort et s'est habillée correctement, bien qu'il estime le décolleté des épaules et du dos inconvenant pour une robe, même noire, de veuve. En revanche, son gestionnaire apprécie le vêtement. Coeuru considère d'un air inquiet le nouveau verre de bourbon que Maugaron se fait servir. Est-ce le second ou le troisième ? Quand Michel Mabec a ouvert le mur de séparation entre le salon et la salle à manger pour laisser apparaître une table chargée de onze couverts, il a failli exploser. Mais à peine cette pensée lui a traversé l'esprit que le regard métallique de cette sorcière s'est braqué sur lui ! Il s'est alors senti menacé, prêt à être déchiqueté par les lames acérées projetées par ces yeux oppressants. Il les foutra dehors dès demain, elle et son écrivain ! Mais pour l'heure, hypnotisé, il s'est dirigé vers sa place en tête de table sans dire un mot… Et voilà qu'elle offre maintenant un digestif dans son bureau. Quand donc ce supplice cessera-t-il ?

— Voulez-vous que j'intervienne ? lui propose Maugaron.

Le gestionnaire a enfin deviné que son employeur n'est pour rien dans ce déroulement de soirée, comme il l'a pourtant longtemps cru. Bien qu'il espère une réponse négative à sa suggestion, sentant déjà la douce caresse d'une lampée de Rémy Martin sur sa langue, il ne souhaite surtout pas se mettre le patron à dos.

— Non, surtout pas ! Allons jusqu'au bout de ce cirque. Il faut boire le calice jusqu'à la lie, comme dirait ma mère.

Accompagnée de ses soignantes, Denise Coeuru repart en direction de l'aile gauche, unique possibilité pour son fauteuil d'accéder au bureau de son fils, d'abord par le monte-escalier pour atteindre le premier niveau, puis la cage d'ascenseur pour arriver à l'étage supérieur de la partie centrale. Plusieurs personnes profitent de cette pause pour se rafraîchir, et une file d'attente apparaît devant la porte des toilettes du hall.

Laurence s'approche de Chantelle, demeurée seule sur le côté.

— Michel est déjà en haut ?

— Il prépare le café et les tisanes. Il avait installé les plateaux dans le monte-plats au préalable. Il reste très sérieux et tiendra son rôle de serveur jusqu'au bout.

L'enquêtrice s'étonne du ton de la voix morne de son amie. Pourtant, durant tout le repas, celle-ci s'est montrée souriante et enjouée, trouvant toujours une réplique pour relancer la conversation lorsqu'elle venait à se tarir.

— Tout se passe comme tu l'espérais ? Je suppose que tu ne me fourniras pas plus d'indications sur la suite de ton scénario…

— Détrompe-toi ! Après avoir joué le rôle de l'invitée sobre et peu bavarde du dîner, tu vas maintenant reprendre ton poste de lieutenante de gendarmerie et intervenir régulièrement dans le rapport. Mais, ainsi que tu t'en doutes, je risque de t'interrompre à plusieurs reprises. Il est temps que je monte afin de vérifier où chacun s'installe. Toi, tu te remets au bureau, comme tu en as l'habitude, mais Sébastien se placera à tes côtés.

D'un pas leste, la *sorcerez* gravit les marches du

grand escalier deux à deux et disparaît bientôt après le premier palier, laissant Laurence plongée dans une profonde perplexité.

*

* *

Soirée du samedi 18 juin 2022 - 21 h 30

Bureau de Joe-Alderic Coeuru, troisième niveau de la section centrale du Maner ar Treoualen, Saint-Renan

Michel jette un coup d'œil circulaire sur la grande salle. Tous ceux qui le voulaient sont servis. Les infirmières et Denise Coeuru ont pris leur tisane habituelle, modèle de luxe censé aider à la digestion et faciliter l'endormissement, en espérant qu'elles ne se mettent pas à ronfler avant la conclusion de la soirée. Maugaron fait lentement tourner son cognac dans le verre niché au creux de son épaisse main, tandis que Joe-Alderic a demandé une Bénédictine, ayant plusieurs fois cru constater l'effet apaisant de cette liqueur sur son organisme. À cette heure, il en a vraiment besoin ! Nathalie Le Kork n'a rien voulu boire. Elle reste à côté de Stéphane Janbrisson, qui ne sait pas comment se débarrasser de sa tasse vide. Suivant les recommandations de Chantelle, la lieutenante et le gendarme se sont réunis derrière le bureau. Sébastien a déjà ouvert son ordinateur portable et sirote son café en attendant que commencent les hostilités. Car que faut-il escompter de cette fin de journée ?

Les groupes se sont formés, sans originalité, ce mot a-t-il d'ailleurs sa place dans ce manoir ? Ainsi le gestionnaire reste avec son employeur, les soignantes demeurent avec leur patiente et les petites gens, Nathalie et Stéphane, se sont mis dans un coin du cabinet de travail. Chantelle attend que son compagnon ait terminé son tour de remplissage des tasses et des verres. Onze personnes rassemblées dans une pièce produisent une grosse quantité de calories. Il fait bien trop chaud, alors elle ouvre la porte-fenêtre pour laisser pénétrer un agréable courant d'air frais dans la salle. Clin d'œil de Michel, discret hochement de tête de Laurence et Sébastien, son équipe est prête ! Elle se positionne au milieu de l'espace et tout le monde se tourne vers elle. L'impatience est palpable chez ces spectateurs qui ne savent pas encore qu'ils joueront chacun un rôle dans l'ultime acte !

— Avec l'accord de la lieutenante Rousseau, je vais maintenant vous faire part des avancées de l'enquête. Beaucoup de rebondissements se sont produits cet après-midi !

Dans les regards des auditeurs, la *sorcerez* ne décèle que des lueurs d'intérêt, dominant pour l'instant toutes les flammèches d'inquiétude. Mais elle pressent que sa prochaine phrase se chargera d'attiser celles-ci !

— Comme pour toutes les enquêtes, le problème consiste à déterminer le motif de l'assassinat. Tout le monde appréciait Erwan Le Kork et personne n'avait rien à lui reprocher. Car, bien sûr, personne n'avait rien à se reprocher !

Elle insiste sur le pronom personnel réfléchi, ne laissant aucun doute sur le côté ironique de la remarque. Nouveau tour rapide des regards, où des pointes d'angoisse, d'agacement et d'agressivité sont venues se glisser.

— Commençons par monsieur Maugaron ! Pourquoi vous d'abord ? ajoute-t-elle sans tarder, pressentant que l'interpellé allait réagir violemment. Simple fruit du hasard, ou peut-être parce que j'ai cru deviner votre impatience que tout soit fini.

Le gestionnaire serre les dents, fusillant la femme de ses yeux globuleux. Il se lèverait bien pour crier au scandale et il clamerait haut et fort son honnêteté avant de quitter la pièce pour aller se réfugier dans sa chambre, mais il se doute que celle-ci sait, et qu'elle va parler. Alors il prend le parti d'attendre qu'on le mette à nu devant l'assemblée.

— Monsieur Coeuru, poursuit la *sorcerez* d'un ton ironique, j'ai le regret de vous annoncer que votre homme de confiance n'est pas d'une probité exemplaire au niveau financier. Il tape dans la caisse pour régler les ardoises qu'il laisse dans les cercles de jeu. Il fréquente assidûment ces lieux plutôt mal famés !

Maugaron semblant vouloir répliquer, Chantelle lève une main péremptoire pour l'en dissuader.

— Je sais que vous comptez rembourser dès que le vent de la fortune tournera en votre faveur. Toutefois, apprenez que Fortuna, la déesse de la chance, est une traîtresse. Elle ne vous lâchera pas, à moins que vous ne suiviez une thérapie. Mais assez parlé de vous pour en revenir à la victime. Comment a-t-il découvert votre détournement ? Nous ne l'avons pas encore trouvé…

La rapporteuse remarque que Nathalie Le Kork souhaite s'exprimer. D'un signe de tête, elle lui cède la parole.

— Il m'a raconté qu'il avait entendu une conversation téléphonique entre cet homme et quelqu'un à qui il promettait de régler sa dette sous quelques jours. Erwan n'y connaissait rien dans tout ce qui a trait à l'économie et à la tenue de comptes, mais il a immédiatement compris avec quel argent l'ardoise allait être effacée…

— Ton mari faisait-il chanter monsieur Maugaron ?

La brutalité de la question de Chantelle provoque la stupeur de l'assistance. La bouche de la veuve s'ouvre et se ferme à la recherche d'une réponse à fournir. Non, elle ne sait pas ! Le gestionnaire saute sur l'occasion.

— Jamais je n'aurai cédé au chantage ! C'est un acte infâme !

— Plus infâme que de voler l'employeur qui vous accordait toute sa confiance ? demande Laurence, toujours assise au bureau du propriétaire des lieux qui demeure muet, peinant à digérer cette forfaiture. Abattre le maître chanteur est un moyen de ne pas payer ! Vous prétendez travailler dans votre chambre au moment du meurtre, mais personne ne peut le confirmer.

Debout au milieu de la pièce, Chantelle reprend son rapport.

— Voici donc un premier motif. Passons au suivant !

Elle s'amuse à scruter les visages des suspects potentiels. Son regard mystérieux et dérangeant déclenche chez chacun une crispation des muscles faciaux. Tous ont peur ! Elle s'arrête sur les soignantes.

— Mesdames Mesdun et Kergalen, ne trouvez-vous pas étrange que le docteur Lancenet prescrive une si grosse quantité de Skenan à madame Coeuru ? Celle-ci ne me paraît pourtant pas particulièrement souffrir. Bien sûr, la vieillesse apporte ses lots de douleurs, mais rien qui mérite un tel traitement, à moins d'une affection grave. Ceci m'étonnerait, car au cours de mes visites régulières à son fils, il ne m'en a jamais parlé, alors qu'il n'hésitait pas à me raconter les petites tracasseries de la vie de sa mère. J'ai parmi mes patientes plusieurs octo' et nonagénaires qui se contentent fort bien des crèmes et potions que je leur concocte pour apaiser leurs souffrances. Rien que du naturel, et surtout rien que du légal ! Denise, quels maux vous tourmentent au point que vous deviez avaler ce dérivé de morphine ?

La *sorcerez* perçoit immédiatement les grincements de dents de la mère de Joe-Alderic. Celle-ci a décidé de ne pas répondre, prenant son air outragé pour seule défense. Échange de regards entre les deux infirmières, Irène Mesdun se résigne à intervenir, haussant le ton.

— Comment osez-vous ? Les médicaments que consomme madame Coeuru sont de l'ordre du secret médical. Rien ni personne ne vous permet d'en parler ici. Lieutenante Rousseau, autoriser une telle divulgation est une faute grave qui peut vous coûter votre poste. Nous refusons de répondre à vos questions !

— Nous ne vous demandons rien, rétorque calmement l'enquêtrice officielle en souriant. Mais j'ai été étonnée par le rapport d'un collègue de la brigade de gendarmerie de Plouzané. Un de ses indicateurs lui a parlé d'une infirmière qui se fait un peu de cash en fourguant des boîtes de Sken', comme il dit. Bien sûr, il ne connaît pas le nom de cette fournisseuse, mais il sait qu'elle habite dans le coin de l'Intermarché. Il me semble que vous logez dans ce quartier, madame Kergalen…

Le visage de la soignante se décompose. La tension trop longtemps maintenue la fait exploser.

— Ces petits cons n'arrêtaient pas de m'emmerder lorsque je rentrais chez moi ! Ils traînent toujours dans mon hall d'immeuble ou dans les environs et ils ont repéré le caducée sur ma voiture. Plusieurs fois, ils m'ont demandé si je ne pouvais pas leur fournir certains produits. Bien sûr, je refusais systématiquement. Mais ils devenaient insistants et presque menaçants. Vous me direz qu'il fallait prévenir la police ou la gendarmerie, mais vous ne faites jamais rien ! Alors, j'en ai parlé à Irène…

— …qui m'a immédiatement entretenu de ce problème, l'interrompt Denise Coeuru, maintenant résolue à s'imposer dans le récit. C'est d'un commun accord que nous avons décidé de procéder à ce petit trafic sans grande conséquence. Cela rapporte quelques numéraires supplémentaires à mes soignantes que j'apprécie beaucoup, mais, surtout, cela apporte la paix à Yvonne !

— Erwan était-il au courant ? demande Chantelle à la cantonade.

Une nouvelle fois, Nathalie Le Kork intervient, l'air embarrassé.

— Moi, je l'étais. Tout comme monsieur Mabec, j'ai remarqué cette ordonnance. Le nom du médicament m'a rappelé cette histoire de trafic il y a quelques années. Je l'avais lu dans les journaux. Et je me suis alors rendu compte qu'en vidant les différentes poubelles de l'aile gauche, je n'ai jamais vu une boîte ni une plaquette de Skenan. J'en ai parlé à Erwan…

La question du chantage revient s'étaler sur le tapis. Irène Mesdun affirme que la victime ne les a jamais contactées à ce sujet. Mais Yvonne Kergalen est maintenant totalement désinhibée. Elle choisit de tout déballer afin de se libérer la conscience.

— Bien sûr qu'il nous a réclamé sa part ! Mais il n'avait aucune notion de la somme que l'on touchait pour chaque boîte, il demandait plus que ce que ça nous rapportait. Je lui ai même proposé de m'accompagner lors d'un échange afin qu'il voie combien on est payées pour les risques que l'on court, mais il a refusé. Je ne sais pas ce qu'il craignait le plus, les dealeurs ou une descente de gendarmerie au moment de la transaction ?

La grimace de dédain à la fin de ses courts aveux indique le peu de considération que la soignante portait à Erwan Le Kork. C'est presque à regret que Laurence reprend la parole.

— Vous aviez donc toutes deux un motif. Pour l'alibi, vous vous couvrez réciproquement en prétendant être ensemble. Madame Coeuru somnolant à ce moment, elle n'a pas confirmé vos dires de façon formelle. L'une aurait très bien pu emprunter la porte conduisant au couloir de service arrière et sortir dans le jardin, abattre Le Kork et revenir très rapidement.

Elle élude la question du problème de l'arme disparue et de l'absence de résidus de tir en repassant immédiatement la main à son assistante officieuse pour la soirée. Chantelle se remet à scruter les visages en plaisantant méchamment.

— Deux suspectes supplémentaires se sont glissées dans le panier de la lieutenante, mais il est loin de déborder ! Si nous parlions de vous, monsieur Coeuru ?

Même derrière son masque de protection, on remarque le rictus horrifié du maître de maison, qui bondit hors de son fauteuil !

— Je n'avais aucune raison de me débarrasser d'Erwan ! Vous devez pourtant bien constater l'embarras dans lequel je me trouve à présent, à ne pouvoir le remplacer. Je le considérais presque comme mon fils…

Mais la *sorcerez* le fixe de son regard d'acier sans rien dire. Vaincu, et voyant que personne ne réagit autour de lui pour le défendre, il se rassoit.

— Vous deviez donc ressentir une grande fierté d'avoir un presque fils écrivain, quoique je doute que sa production corresponde à vos goûts littéraires. Il n'est pas tendre avec vous ni avec aucun des habitants du manoir d'ailleurs. Un pamphlet peut-il devenir un motif d'assassinat ? À une certaine époque, il aurait pu vous conduire tous les deux sous le chêne au petit matin, pour un duel à l'ancienne. Sabre, épée ou pistolet ? Il est tout de même beaucoup plus simple de gagner lorsqu'un seul est armé !

Devant le geste d'agacement de Joe-Alderic, qui n'apprécie pas du tout les traits d'humour avec lesquels son accusatrice enrobe ses attaques, Chantelle reprend sur un ton plus sérieux.

— Non, bien sûr ! Dans notre monde civilisé, on ne tue plus quelqu'un parce qu'il dit du mal de vous. On le traîne en justice pour faire interdire son livre ! À moins que cet essai ne comporte quelques secrets honteux que même les juges ne doivent pas lire ; par exemple, les visites régulières de Selma, et avant elle d'Ornella. Ne vous offusquez pas que j'en parle ici à haute et intelligible voix, car personne n'est dupe dans cette pièce ! Qui n'a jamais cru que ces charmantes femmes soient des sophrologues ? Je ne vois aucune main se lever. Cette révélation moralement dérangeante est-elle une raison suffisante pour abattre Erwan ? Cela n'empêchera pas forcément sa veuve de publier l'ouvrage de son regretté mari. Sauf si…

Nathalie devine que cette hésitation a pour but de la faire à nouveau entrer en scène.

— Monsieur Coeuru m'a proposé une grosse somme en échange de tout ce que je retrouverai à propos de ce livre, les brouillons, les impressions et les fichiers numériques. Il souhaitait que tout disparaisse.

Laurence intervient :

— Nous avons également reçu un appel de madame Geneviève Le Kork qui confirme cela. Elle nous signale avoir été contactée par vous. Vous lui avez demandé de vous remettre, contre numéraire, toutes les copies et les ébauches en sa possession. Ces déclarations peuvent nous conduire à considérer cet écrit comme un motif pour vous débarrasser de son auteur. À l'heure du crime, vous indiquez que vous vous trouviez ici même, seul…

— *Mea culpa*, lieutenante Rousseau ! s'excuse Chantelle. Il te faudra modifier ton rapport à ce propos, car Joe-Alderic m'a avoué des choses, accompagnées de la sollicitation expresse de ne pas te les répéter. Pensant bien faire, je lui ai obéi. Donc, au moment du meurtre, il ne se tenait pas dans son bureau, ainsi qu'il te l'a affirmé, mais ailleurs. Il prétend ne pas savoir où exactement, sa conscience l'ayant temporairement abandonné. Et lorsqu'elle lui est revenue, il se trouvait dans le grand salon, bien plus près des lieux de l'assassinat. Qui peut dire ce qu'il s'est passé dans les minutes précédentes ? Peut-être que, obnubilé par la prophétie énoncée par mon collègue Gwenarc'h de Châteaulin il y a un demi-siècle, son esprit a pris le dessus et a guidé ce geste malheureux.

L'enquêtrice officielle fixe ce nouveau suspect potentiel :

— Monsieur Coeuru, pourquoi nous avez-vous menti ?

Les épaules de l'homme s'affaissent. Il renonce à se battre.

— Sans doute un réflexe idiot de ma part pour me protéger. Je le regrette maintenant, j'aurais dû tout vous dire dès le début. Que je fusse ici ou en bas, où est la différence ?

Devant l'air désespéré du maître des lieux, Chantelle hésite à poursuivre avec sa plaisanterie du panier qui se remplit peu à peu. Elle se tourne à nouveau vers les soignantes et la mère de Joe-Alderic.

— Je ne me permettrais pas d'accuser madame Coeuru de quoi que ce soit. Vos difficultés pour vous déplacer vous innocentent directement. Toutefois, je m'étonne que vous ayez fait intervenir Maelyne, prétendument pour chasser le fantôme de Jacques-André que ma présence diabolique a attiré en ces lieux. J'ai plutôt tendance à croire maintenant que vous ne vouliez pas que l'âme errante de votre mari s'entretienne avec moi pour me raconter quelques secrets de famille que vous tenez à garder cachés. Mais cela n'ayant aucun rapport avec l'assassinat d'Erwan Le Kork, nous ne creuserons pas plus loin la question…

*

Nouvelle rotation pour regarder dans le coin où se sont réfugiés la veuve et le jardinier :

— Il me semble qu'il ne reste que vous deux. Rassurez-vous, nous ne vous avons pas oubliés. Nathalie, n'avais-tu pas quelques griefs à reprocher à ton époux ?

La quadragénaire s'enlaidit d'une moue de mécontentement, mais elle sait que, comme les autres suspects précédemment interrogés, elle n'y coupera pas.

— Est-il obligatoire de parler de cela ? J'ai en effet découvert qu'Erwan me trompait avec cette pute qui venait régulièrement ici ! Ardisson demandait à tout le monde dans son émission si sucer c'est tromper. Moi je réponds oui, mon époux me trompait ! Ce salopard profitait de l'occasion de transporter une professionnelle pour obtenir une petite récompense, comme il a voulu profiter de

Maugaron ou des infirmières en réclamant sa part sur leurs combines. Mais je l'ai déjà dit l'autre jour, si toutes les femmes cocues abattaient leur mari, le problème de la surpopulation disparaîtrait rapidement !

Chantelle remarque le regard gêné de Joe-Alderic ; tant de révélations sur les gens de son entourage proche l'accablent de plus en plus. Il se sent maintenant responsable de s'être montré aussi naïf, que ce soit avec son gestionnaire ou avec son homme à tout faire. Mais la questionneuse n'en a pas fini avec sa nouvelle cible.

— Vos vacances étaient prévues de longue date, je crois. Un beau voyage pour vous emmener loin, très loin de ce manoir…

Les larmes inondent soudain les joues de Nathalie Le Kork. À son tour, elle craque ! Elle bafouille un moment avant de raconter.

— Un mois à la Réunion, en pension complète, sans rien d'autre à faire que de profiter de tout, sans personne pour vous donner des ordres, sans dîner à préparer et à servir, sans ménage à s'occuper, rien, rien, rien !

Elle s'est levée pour crier les derniers mots. La *sorcerez* tente de demeurer stoïque, car il lui faut poursuivre ce travail de sape !

— Malheureusement, l'annonce du déménagement de vos remplaçants pour Poitiers a mis tous vos plans à l'eau. Comment Erwan a-t-il réagi en apprenant cela ?

Nathalie se calme, mais ses paupières restent humides.

— Il ne s'est pas affolé. Il a juste dit : « Ah, c'est con, on va devoir annuler le voyage ! » Et c'est tout. J'ai essayé de le faire changer d'avis, qu'il déclare au patron que l'on partirait, un point c'est tout ! Mais ce boulot l'a rendu dingue ! Dingue au point d'être capable de renoncer à ses vacances parce qu'il ne voulait pas abandonner le manoir sans personne de confiance pour en prendre soin.

L'état d'excitation où elle se trouve maintenant provoque chez elle des tremblements de rage. Elle se tourne vers Joe-Alderic Coeuru.

— C'est vous le responsable ! Vous lui avez mis trop de pression, trop de choses à s'occuper, à gérer, à surveiller, à programmer ! Vous lui avez complètement retourné les sens, il n'avait plus aucune notion de ce qu'est la vie réelle, avec ses sorties, ses jours de repos, loin de ce manoir pire que le bagne ! Je l'ai menacé de divorcer, de le laisser seul avec vous. Mais ce n'est pas mon départ qui l'emmerdait le plus, c'était le fait de vous priver de quelqu'un pour se taper la cuisine et le ménage !

D'un geste convenu à l'avance, Chantelle indique à Michel d'apporter à la veuve un verre contenant une potion apaisante. Nathalie l'avale sans rechigner, devenue amorphe après sa période d'agitation. La lieutenante hésite à intervenir ; elle consulte son amie du regard. Après acquiescement, Laurence prend la parole.

— Au moment du meurtre, vous étiez en chemin depuis la maison de garde pour votre service en cuisine. Monsieur Janbrisson a confirmé vous avoir vue arriver depuis l'allée boisée. Vous-même avez indiqué avoir discuté deux minutes avec le jardinier travaillant dans une parcelle sur l'avant du bâtiment au moment où vous reveniez. J'ai là un problème avec l'une des réponses que vous m'avez données hier. Vous affirmiez ne jamais avoir tiré au pistolet avec votre mari, entre autres parce que cela vous rend malade. Madame Marzin m'a conseillé de faire exécuter des recherches. Vous lui avez raconté avoir rencontré Erwan dans un club sportif, sans toutefois préciser qu'il s'agissait du club de tir de Saint-Renan. Certes, cette association est dissoute depuis 2009, mais nous avons retrouvé les listes d'inscrits. Pourquoi nous avoir menti ?

L'affolement transparaît dans les yeux écarquillés de la veuve. Sa bouche grand ouverte derrière le masque peine à aspirer assez d'air pour éviter la surchauffe. Elle bafouille son explication.

— Vous m'avez demandé pour ici, et seulement pour ici, au manoir ! Le club de Saint-Renan, c'était il y a longtemps. Mais, à force, je ne supportais plus. J'avais très mal aux tympans en rentrant, malgré le casque de protection auditive que je mettais en plus des boules de cire dans les oreilles. Et pour les nausées causées par l'odeur de la poudre, c'était déjà un peu le cas, mais beaucoup moins fortes. Je suis devenue plus sensible, c'est tout.

Satisfaite de sa défense, elle retrouve son souffle et se calme. Mais Chantelle intervient avant que la lieutenante n'ait pu reprendre la parole.

— Excuse-moi Laurence, je crois que j'ai oublié de te faire part d'une autre révélation importante à propos de madame Le Kork. Hier, j'ai rencontré Selma, la prostituée dont nous parlions tout à l'heure. Je me doutais qu'elle aurait des choses intéressantes à me rapporter. Et j'ai dû lui faire bonne impression, car elle a jugé nécessaire de me rappeler ce matin pour me signaler un point capital. Elle m'a raconté que tu l'avais contactée pour lui commander un certain produit, précise la *sorcerez* en se tournant vers la veuve.

Les yeux de Nathalie s'écarquillent encore, ses bredouillements reprennent.

— Mais, non, quoi ? Enfin, c'est une pute ! On ne peut pas lui faire confiance ! Sa parole ne vaut rien ! Elle a dit n'importe quoi, je ne lui ai jamais rien demandé !

— Pas même du GHB ? Pour quelle raison aurait-elle inventé cela ? Elle n'a accepté de t'en fournir que pour se faire pardonner d'avoir pratiqué des fellations à ton mari. Mais, quand je lui ai annoncé le meurtre d'Erwan, et après un moment de réflexion, elle a préféré tout me déballer, car elle craint d'être inculpée pour complicité à cause de ce trafic.

Constatant l'incompréhension de plusieurs personnes dans le bureau, la lieutenante précise.

— Le GHB ou gamma-hydroxybutyrate est un dépresseur du système nerveux. Il est plus connu sous le nom de « drogue du violeur ». Celui ou celle qui en consomme, sciemment ou pas, se retrouve sans volonté, à obéir à n'importe quels ordres. Madame Le Kork, souhaitez-vous vous expliquer sur la raison d'avoir acheté ce produit ?

Mais la veuve croise les bras et regarde le sol sans rien dire !

— Par un étonnant hasard, la date d'acquisition de cette substance correspond peu ou prou au début des étourdissements et absences dont souffre parfois monsieur Coeuru. Est-il possible que les deux soient liés ? Nous pourrions par exemple découvrir que ces absences survenaient toujours après le service du thé de l'après-midi, de préférence les jours où monsieur Maugaron n'était pas présent…

Les yeux de Joe-Alderic oscillent, il tente de se souvenir des conditions. Lent hochement de tête, l'hypothèse lui paraît concevable, et maintenant évidente !

— Oh, Nathalie ! se plaint-il avec un tombereau de déceptions dans la voix. Pourquoi avez-vous fait cela ?

Silence pesant dans la salle, la réponse ne viendra pas. Chantelle remarque l'agitation qui gagne peu à peu le jardinier, toujours engoncé dans sa veste mal ajustée. Elle décide qu'il est temps de le mettre en scène.

— Monsieur Janbrisson, nos accusations à l'encontre de madame Le Kork semblent vous déplaire…

— Oui ! Vous racontez que c'est une pu… une prostituée qui vous a dit pour le GHB. Elle ne vaut rien comme témoin. Moi, je fais plus confiance à Nathalie qu'à cette femme !

Dans le bureau, tout le monde ressent l'extrême fébrilité de l'homme qui s'est levé pour répondre. État de stress dû au fait d'avoir attendu aussi longtemps avant d'être mis sur la sellette ? C'est ce que beaucoup pensent, mais la *sorcerez* ne se laisse pas berner.

— Monsieur Coeuru nous a parlé de vos petits travaux effectués au noir, et surtout de sa gaffe qui vous a permis d'apprendre qu'Erwan Le Kork détournait une partie de l'argent que vous receviez en liquide.

Grognement d'acquiescement, Janbrisson se tortille.

— J'étais super déçu ! J'avais confiance en lui, je le considérais comme mon ami plus que comme un collègue. Et là, soudain, j'ai compris qu'il ne se gênait pas pour m'arnaquer. Mais on ne flingue pas quelqu'un pour quelques centaines d'euros, à moins de vraiment se trouver dans la dèche et qu'on a besoin de ce fric pour nourrir sa famille, par exemple. Ce n'est pas mon cas. Je mets ces primes de côté pour changer mon véhicule. Passer à l'électrique, c'est à la mode. Pour un paysagiste, l'image écologique est importante. Mais ces modèles coûtent trop cher…

Beaucoup de hochements de têtes affirmatifs dans la salle. Volontairement ou non, le jardinier s'attire la sympathie de l'auditoire par la fibre verte. Même Michel s'est laissé prendre au jeu.

— Et Nathalie ? demande abruptement Chantelle, sans plus de précision dans sa requête.

Stéphane hésite, son trémoussement s'amplifie. Il ne sait plus comment occuper ses mains, alors il les accroche aux revers de sa veste déjà de guingois. Se sentant obligé de répondre à cette fausse question, il se lance.

— J'étais embêté pour elle, depuis longtemps, parce qu'Erwan me racontait ses actes avec la femme quand il la raccompagnait chez elle. Il disait que ce n'était pas important, seulement une petite récréation pour lui, et aussi que… non ! Ça, je ne peux pas le dire ici ! C'est trop gênant pour Nathalie, je ne peux pas me le permettre.

Il se tourne vers la veuve qui lui adresse un timide sourire de remerciement, embarrassée.

— Erwan vous parlait souvent de son couple et de ses tracas familiaux ?

— Oui, régulièrement. Il avait besoin que je lui dise qu'il avait raison de faire comme il faisait, je crois. Mais il avait peur que Nathalie s'en aille…

La questionneuse prend un air faussement étonné.

— Ah bon ? Il y avait de l'eau dans le gaz entre les époux Le Kork ?

Janbrisson lâche sa veste pour essayer de glisser ses poings dans ses poches, mais celles-ci sont factices, de simples rabats sur une couture épaisse. Alors il croise les bras, de plus en plus tourmenté de devoir s'exprimer en public.

— Vous en avez parlé tout à l'heure ! Le voyage annulé, le frère et la belle-sœur qui s'installent à Poitiers et qui ne les remplaceront pas cet été. Erwan ne cherchait pas à régler ce problème et Nathalie allait devenir folle si elle ne partait pas. Mais il me disait qu'ils passeraient en service minimum pendant ce temps ; levés plus tard, le ménage et la cuisine en mode réduit… Voilà la solution de merde qu'il a trouvée !

La *sorcerez* se tâte. Elle sent que la tension de l'homme est bien trop élevée. Faut-il continuer à la faire grimper ? Dans sa poitrine, la douleur à la base de son sein gauche s'intensifie, mais elle ne veut pas abandonner là, si près du but.

— Le comportement de la victime envers sa femme vous dérange, surtout pour elle. Vous avez une grande affection pour Nathalie.

Nouveaux tortillements, les mains reviennent s'agripper aux revers déjà bien froissés de la veste.

— C'est normal ! Je la connais depuis plusieurs années, et je discute avec elle de temps en temps, et il y a ces choses que me racontait son mari. À force, on s'attache…

— Affection ou amour ?

Le jardinier se fige, stupéfait par la brutalité de la question. Chantelle s'oriente vers la femme de la victime et la fixe de son regard intensément dérangeant en s'approchant d'elle.

— As-tu eu une relation avec Stéphane Janbrisson ?

Se sentant piégée, Nathalie Le Kork préfère avouer sans tarder.

— Une fois, une seule ! C'était une bêtise, une folie de ma part ! J'étais malheureuse et énervée. Je venais de comprendre ce que trafiquait Erwan avec la pute de Coeuru. Il fallait que je parle à quelqu'un, et Stéphane passait dans le coin. Je me suis ouverte à lui, j'ai pleuré sur son épaule, il m'a serrée, il m'a caressée, il a fait monter mon excitation. Je souhaitais me venger d'Erwan, alors je me suis abandonnée et j'ai laissé les choses déraper. Une fois, une seule ! Stéphane a toujours été très gentil avec moi, très tendre. Je l'apprécie beaucoup, mais je ne l'aime pas. J'ai peur que tu te sois fait de fausses idées, ajoute-t-elle à destination du jardinier. C'était une fois, une seule ! Je ne voulais pas que ça aille aussi loin…

Et soudain, tout s'accélère ! Janbrisson s'avance au milieu de la pièce et se retourne. Il attrape le Luger qui se trouvait dans la poche intérieure de sa veste depuis le début de la soirée, responsable en partie de sa déformation. Il hurle : « Mais moi, je t'aimais ! », pointe l'arme vers son amante d'un jour et tire. Nathalie Le Kork s'écroule sur le dos. Puis le jardinier vise Chantelle en criant « salope ! ». Il ne voit pas son employeur qui a bondi hors de son siège avec une agilité et une puissance étonnante de la part d'un septuagénaire. Coeuru rugit « non ! » en fonçant sur le paysagiste qui tire une nouvelle fois. La balle traverse le bras gauche du vieillard avant d'atteindre la *sorcerez* à la poitrine. Elle s'effondre en arrière, une tache rouge sombre se forme sur son torse.

Même blessé, Joe-Alderic poursuit sa course, emporté par son élan. Il percute Stéphane Janbrisson et l'étreint. Déséquilibrés, les deux hommes virevoltent en une danse macabre, franchissent la porte-fenêtre toujours ouverte et basculent par-dessus la rambarde.

ÉPILOGUE

Nuit du samedi 18 au dimanche 19 juin 2022
Hôpital de la Cavale-Blanche, Brest

Michel se prend la tête dans les mains, assis sur cette banquette depuis si longtemps qu'il ne veut même plus consulter l'heure. Toujours aucune nouvelle ! Il revoit la scène : d'abord les coups de feu, puis Chantelle qui part en arrière, touchée, les deux hommes qui basculent par-dessus la rambarde du balcon, l'affolement dans le bureau, Laurence qui attrape son téléphone pour demander des secours et des véhicules d'urgence, Sébastien qui dévale l'escalier, et lui qui se retrouve à genoux devant sa compagne, regardant effrayé la tache rouge qui s'agrandit sur sa poitrine, du côté gauche, exactement là où elle ressentait cette douleur lancinante depuis plusieurs jours, les infirmières qui s'activent, conscience professionnelle avant tout,

Irène qui court chercher la trousse de premiers soins et de quoi compresser les plaies tandis qu'Yvonne ausculte les deux blessées par balle. Il a remarqué sa grimace alarmante lorsqu'elle a écarté le pan de la veste et découvert l'endroit où le projectile avait atteint Chantelle. Prise immédiate du pouls, il bat toujours ! Le gendarme qui revient et annonce que Janbrisson est mort, la chute lui a été fatale, la tête a percuté la dalle du perron. Joe-Alderic Coeuru est vivant, mais très mal en point.

Un bruit, des pas qui approchent. Michel bondit hors de son siège lorsqu'il reconnaît le masque rose et le crâne glabre de Jean-Do. L'infirmier de nuit lève ses deux mains ouvertes devant lui pour calmer son ami.

— Cool, Michou, tout roule ! L'opération s'est bien passée, elle est hors de danger ! Assois-toi ! J'ai peur que tu t'écroules…

Rassuré, l'écrivain obéit et attend les explications qui ne tardent pas.

— Déjà, tu diras à ta cybersorcière qu'on n'est pas du tout content ici. Vous devriez écouter un peu plus les infos, l'épuisement dans les hôpitaux, surtout aux services d'urgence. Les soignants sont sur les genoux, on manque de moyens et de personnel, mais pas de malade ni d'accidentés. Ce n'est vraiment pas l'époque pour s'amuser à nous envoyer deux blessées par balle en état critique, plus un papy démoli avec ses côtes éparpillées façon puzzle dans sa cage thoracique. OK, elle n'a peut-être pas fait exprès, mais ce n'est pas une raison !

— Pourquoi cybersorcière ?

— Attends, c'est moi qui raconte ! Je le dirai quand je voudrai, comme toi dans tes bouquins coquins… Elle a un bol de cocue, ta nana. Tu ne lui ferais pas des infidélités, des fois ? Sur la radio, on voit que la balle s'est arrêtée à ça de son cœur. Un centimètre plus profond et c'était direction la morgue. Heureusement qu'elle a la peau dure, et heureusement aussi que quelqu'un a ralenti le projectile en mettant son bras devant. Et puis heureusement aussi qu'elle avait sa tablette numérique dans sa poche, un modèle costaud, on dirait. Comme quoi, être geek, ça peut parfois sauver une vie. Mais malheureusement pour elle, son joujou est mort. Il n'est même pas reconditionnable, ce n'est pas écolo ! C'est pour ça que l'opération a duré, le chirurgien a dû retirer tous les petits bouts qui sont rentrés avec la balle. Il paraît qu'il en reste encore, mais rien de dangereux. Toutefois, si en lui pelotant le nichon gauche tu vois son nez qui s'allume, c'est qu'ils ont oublié un interrupteur à l'intérieur. C'est pour ça que je l'appellerai maintenant la cybersorcière. Veinard ! Tu vas avoir une pépée connectée à la maison…

Michel respire enfin mieux. Si Jean-Do sort autant de bêtises, c'est vraiment que tout risque est écarté. Car, aussi farfelu que soit l'infirmier de nuit, il sait retrouver son professionnalisme quand cela devient nécessaire. Sans trop y croire, l'écrivain montre le couloir du doigt d'un air interrogateur, mais le soignant hoche négativement la tête.

— Pas avant demain après-m'. Elle va rester en soins intensifs un ou deux jours.

— Et pour l'autre victime, Nathalie Le Kork ?

— Elle va bien. Pour elle, ça a été beaucoup plus simple, la balle l'a atteinte beaucoup plus haut. Aucun organe vital n'a été touché et l'extraction s'est bien passée. Elle aura son bras gauche en écharpe pendant quelque temps, rien de plus… Et, comme je me doute que tu vas me le demander, le papy en morceau n'a pas survécu, il était mort avant d'arriver à l'hôpital, hémorragie interne trop importante.

L'infirmier consulte sa montre et réfléchit avant de faire sa proposition.

— Je dois retourner bosser. La collègue qui me couvre est adorable, mais faut pas abuser quand même. Suis-moi, on va passer par mon vestiaire que je te donne les clefs de mon appart. Hors de question que tu roules jusqu'à Plougourvest dans ton état ! Et, en plus, tu pourras aller faire tes courses au marché Saint-Louis demain matin, c'est dimanche. Mais à condition que tu n'y déniches pas un nouveau macchabée*. Allez, zou ! Jean-Do, au boulot !

*

* *

Fin de matinée du mercredi 29 juin 2022
Maison de Michel Mabec, Plougourvest

La lieutenante Laurence Rousseau sort un épais dossier de sa sacoche et s'installe dans le canapé, en face de son amie.

— Tu n'as pas trop mal ? Mais je suppose que ma question est idiote. Si c'est le cas, tu sais très bien te préparer tes propres antidouleurs…

Michel dépose le plateau avec cafetière et tasses sur la table basse avant de répondre.

— La cicatrice a déjà pratiquement disparu. L'infirmière qui passe tous les jours pour changer le pansement n'en revient pas. Mais on ne lui dit pas que, dès qu'elle est repartie, je remplace la crème chimique qu'elle étale trop généreusement par un onguent naturel, une production "maison" confectionnée dans le laboratoire juste à côté.

*Voir *Marché noir à Brest*, même collection.

Après une gorgée de café, la convalescente prend la parole.

— Et pour toi, tu n'as pas eu trop de problèmes après cette soirée plutôt agitée ? Ton rapport n'a pas dû être simple à rédiger.

La grimace de Laurence confirme l'inquiétude de Chantelle.

— En effet, ça n'a pas été facile du tout. Mais ce n'est plus au niveau du capitaine Cassini. Depuis le temps, il s'est habitué à te voir apparaître dans certaines de mes enquêtes. À force, j'ai été obligée de le renseigner sur tes pouvoirs particuliers. J'avais très peur qu'il ne me mette aux arrêts avec un suivi psychiatrique, mais il a bien accepté la chose.

— La raison vient probablement de ses origines corses. L'île de Beauté possède également une forte tradition ésotérique, avec entre autres ses prières pour chasser le mauvais œil des maisons. On y croise aussi des voyants et des guérisseurs. Ton supérieur a donc dû en entendre parler dans sa famille. As-tu pu obtenir des explications supplémentaires sur cette affaire de Tréoualen, ou reste-t-il des énigmes non résolues dans ton compte rendu ?

L'enquêtrice officielle sourit à moitié. En effet, pas mal de trous sont encore à combler, mais elle pense pour une fois avoir recueilli plus de renseignements que son amie. Confiante, elle commence.

— Pour le pistolet, le Luger se trouvait…

— Dans le passage secret au pied de la statue, au fond du jardin, propose Michel. Les choses sont allées beaucoup trop vite, je n'ai pas eu le temps d'aller vérifier.

Laurence écarquille les yeux, déçue d'avoir été doublée sur cette révélation, et surtout étonnée que ce soit l'écrivain et non sa compagne qui a résolu ce mystère. Mais, déjà, il explique.

— Bizarrement, le père Coeuru a fait installer deux statues d'Hadès dans sa courte collection, alors qu'il existe un large choix de dieux et déesses dans la mythologie grecque. Hadès, dieu des enfers, mais également du monde souterrain, gardien idéal pour ce tunnel caché ! Il s'étendait bien entre les deux statues ?

— Exactement, avec une sortie supplémentaire au fond du cellier situé dans la cave, parfaitement dissimulée par les étagères ! Nous ignorons comment Janbrisson a découvert ce passage. Nathalie Le Kork n'a pas pu nous éclairer sur ce sujet, mais je pense qu'Erwan l'a montré au jardinier. Le mécanisme d'ouverture est complexe à trouver et à actionner. Nous avons heureusement…

— …reçu l'aide de Denise Coeuru, intervient Chantelle. Elle reste l'unique personne à savoir comment fonctionne ce dispositif. Car il faut supposer que son mari Jacques-André lui en a fait la démonstration, il y a bien des années. Si seulement elle avait parlé avant…

— À sa décharge, nous ne lui avons jamais directement demandé si elle connaissait l'existence de cet hypothétique souterrain.

La *sorcerez* se retient de rétorquer que cette vieille femme savait pertinemment que les enquêteurs recherchaient toujours le Luger de son époux, et que l'entrée de ce souterrain constituait une cache idéale.

— Au pied de l'échelle, nous avons également découvert la tenue de protection que Janbrisson a enfilée avant de tirer sur Erwan Le Kork. Il s'agit d'un équipement jetable qu'utilisent les jardiniers lorsqu'ils pulvérisent certains produits. Le laboratoire a immédiatement relevé des résidus de tir dessus. Voilà donc comment les vêtements que portait l'homme le soir de l'assassinat sont restés négatifs au test de détection…

La chronologie complète des événements se met peu à peu en place dans la tête de Chantelle.

— Nathalie a avoué être complice, mais savait-elle exactement dans quoi elle se lançait ? Sa moralité a été altérée par de multiples éléments ; ces conditions de travail à la limite de l'esclavage, la disparition soudaine de cette pause d'un mois loin du manoir et la non-réaction de son époux, prêt à sacrifier ses vacances, sans oublier ses errances avec une prostituée. Elle s'est laissé embarquer dans la folie amoureuse de son amant d'une fois. Janbrisson était très doué pour le jardinage, mais il n'était pas un as de l'organisation. Il a conçu un plan beaucoup trop complexe, au point qu'il s'est lui-même perdu dans son scénario. Malheureusement, Nathalie l'a suivi sans trop réfléchir, obnubilée par sa volonté de s'enfuir du manoir. Elle a donc contacté Selma, la prostituée, pour lui demander de la fournir en GHB.

— Toute prostituée qu'elle soit, cela me surprend qu'elle ait accepté d'honorer cette commande, s'étonne la lieutenante. T'a-t-elle donné plus de détails ?

Chantelle acquiesce.

— Nathalie lui a raconté qu'elle souhaitait exaucer un fantasme du couple, qu'Erwan avait très envie de lui faire des choses qu'elle n'aimait pas particulièrement, et qu'en prenant cette drogue, il pourrait abuser d'elle de toutes les manières qui lui plaisait sans qu'elle rechigne, et qu'elle était très excitée à cette idée. Je ne suis pas persuadée qu'il soit nécessaire de préciser cela dans ton rapport. Une péripatéticienne a l'habitude d'assouvir les lubies tordues de ses clients et elle était bien payée, alors elle a consenti à jouer à la dealeuse. Nathalie a testé le produit à plusieurs reprises sur son employeur, pour vérifier combien de temps il mettait à entrer en action et surtout la durée de son effet. Il paraît certain que, le jour du crime, elle en ait fait consommer à Joe-Alderic, mais je ne parviens pas à comprendre exactement la raison.

Le petit sourire de Laurence réapparaît, elle possède une solution inconnue de la *sorcerez* !

— Il semble que monsieur Coeuru a parlé de cette prophétie macabre à son homme à tout faire. Lui l'a répétée à sa femme, et sans doute également au jardinier. Ainsi, ils savaient que le propriétaire du manoir vit depuis toujours avec la crainte maladive de tuer quelqu'un, au point d'engager une voyante pour surveiller son futur. Dans le plan imaginé par le couple, Nathalie devait droguer le goûter de Coeuru. Une fois devenu obéissant, elle devait le faire descendre dans le couloir de service du rez-de-chaussée et lui ordonner d'attendre derrière la porte proche du pas de tir. Après avoir abattu Erwan, Janbrisson devait venir le chercher, lui coller l'arme dans les mains, appuyer sur son index pour qu'il tire un coup en l'air et le faire rentrer après avoir récupéré le Luger pour le balancer dans un massif à proximité, avant de s'esquiver par le passage secret au fond du jardin. Ainsi, en retrouvant ses esprits, Joe-Alderic se serait cru responsable de ce meurtre, et nous aurions immédiatement relevé des résidus de tir sur lui. Seulement…

L'enquêtrice laisse volontairement traîner l'adverbe,

se doutant que l'un ou l'autre de ses auditeurs trouverait le hic. C'est Michel qui détecte la pierre d'achoppement.

— Seulement, le goûter est servi aux alentours de 16 h 30. Pour que son alibi soit solide, Nathalie devait ensuite quitter le manoir pour regagner la maison de garde et elle ne devait revenir que bien après 17 heures 30, une fois le crime perpétré. Coeuru aurait donc dû rester près d'une heure debout dans ce couloir sans bouger. Pour un homme de son âge, je suppose que c'est assez pénible, même, ou surtout, sous l'influence d'une telle drogue.

D'un clin d'œil, l'écrivain offre à sa compagne de le relayer dans l'explication.

— Et seulement aussi, il ne fallait surtout pas oublier qu'à un moment ou un autre, Erwan Le Kork allait emprunter ce passage pour rejoindre le pas de tir. Son atelier se situe dans l'aile droite, d'où une porte mène au bout du couloir de service. Il n'aurait pas pu ne pas remarquer son patron se tenant là, debout, assis ou allongé. Et, à moins d'être totalement insensible, il se serait inquiété pour lui.

La lieutenante applaudit.

— Bravo ! Vous êtes bien plus doués et prévoyants que ces amateurs. Nathalie Le Kork nous a avoué que c'est en faisant descendre Coeuru dans ce couloir qu'elle a compris l'écueil du scénario, en voyant la porte conduisant à l'atelier en face d'elle. Elle a donc choisi d'amener Joe-Alderic au grand salon et l'a abandonné dans un fauteuil. Puis elle est partie servir le goûter à Denise et à ses soignantes…

Chantelle lève la main, souhaitant glisser une hypothèse dans le récit.

— Comme elle l'a admis le samedi soir, Nathalie était au courant du trafic des infirmières et savait qu'Erwan voulait en croquer. Afin de multiplier les pistes des enquêteurs et les égarer, elle a décidé d'endormir la mère de Joe-Alderic en collant un peu de GHB dans son thé, pour que celle-ci ne puisse étayer l'alibi de mesdames Mesdun et Kergalen. Elle se doutait que, tôt ou tard, quelqu'un allait découvrir ce marché clandestin de dérivé de morphine. Peut-être même a-t-elle aidé Michel à le remarquer en mettant une vieille ordonnance de Skenan en évidence sur le dessus d'une poubelle.

Laurence valide la supposition d'une moue appréciatrice. Elle complète.

— En rejoignant son domicile, elle a prévenu Janbrisson du changement de programme. Rentrée chez elle, elle s'est arrangée pour consolider son alibi de façon numérique à défaut de pouvoir le faire autrement. Ainsi, elle a multiplié les requêtes Internet et les messages avec ses contacts, majoritairement familiaux, afin qu'ils puissent garantir qu'à ces heures, elle tapotait sur le clavier de son ordinateur fixe. Peu avant l'heure du crime, le jardinier est descendu dans le souterrain par la statue à l'avant du manoir. Là, il s'est changé pour passer sa tenue de protection. Il est ressorti de l'autre côté et a attendu les quatre premiers coups de feu pour rejoindre le poste du pas de tir. Pour avoir une fois accompagné Le Kork dans sa séance, Janbrisson connaissait sa façon de procéder ; après quatre tirs, Erwan déposait l'arme sur la table et allait vérifier le résultat. Après avoir abattu l'homme à tout faire à son retour de la cible, l'assassin est redescendu dans le souterrain, s'est débarrassé de sa tenue et est ressorti par l'avant. Cette partie du plan s'est presque parfaitement déroulée, il ne manquait que l'intervention involontaire de Joe-Alderic Coeuru pour coller ses empreintes sur l'arme du crime.

Michel ressert une tournée de café et regarde sa montre.

— Bientôt l'heure du déjeuner. Tu restes manger avec nous ? Promis, nous parlerons d'autre chose que de meurtres, de coupables et de scénarios loupés.

La lieutenante Rousseau fait mine d'hésiter avant de se mettre à table.

— Pourquoi crois-tu donc que j'ai décidé de venir à cette heure-là pour vous rapporter ce compte rendu ? D'ailleurs, j'ai également plusieurs feuilles à vous faire signer, mais peut-être que nous garderons cela pour après le dessert, en espérant qu'il y en ait un.

Chantelle se redresse et se masse la base de la poitrine en grimaçant légèrement, dévoilant sans pudeur son sein. Laurence ne détourne pas le regard, tourmentée par cette question qu'elle se retient depuis trop longtemps de poser. Elle croit deviner un signe d'encouragement dans les yeux étranges de la *sorcerez*, alors elle se lance.

— Pour quelle raison es-tu restée à Tréoualen alors que tu savais pertinemment que tu risquais ta vie ? Imagine ! Si Coeuru ne s'était pas interposé, si Janbrisson avait baissé un peu plus son arme, si…

Pour toute réponse, un haussement d'épaules incertain accompagne une nouvelle interrogation.

— Je suppose que Nathalie Le Kork va être inculpée de complicité de meurtre. Bien sûr, elle le mérite, mais la pauvre va quitter la prison du manoir pour le centre pénitentiaire de Rennes. Tout cela à cause de deux hommes qu'elle n'aimait plus, ou pas. J'espère qu'elle en sortira vite…

D'un pas lent, elle se dirige vers la salle d'eau en fond de pièce. Laurence s'approche de Michel, inquiète.

— Denise Coeuru m'a demandé de lui faire passer un message. Elle souhaite rencontrer Chantelle pour discuter avec elle, et s'excuser. Mais je n'ose pas lui dire. Surtout qu'elle me semble étrange, plus que d'habitude.

— Oui, une forte baisse de moral, confirme le cuisinier. Elle s'est fait une grosse frayeur et, comme toi, je ne comprends pas qu'elle ne se soit pas enfuie. La réponse à la question que tu lui as posée, elle me l'a dit plusieurs fois, « ainsi va le destin, le voir n'est pas le modifier ! », et elle n'en démordra pas.

Depuis les toilettes, la *sorcerez* écoute la discussion. Non, elle n'en démordra pas ! Si Maelyne n'avait pas pratiqué sa magie noire sur le domaine, trois décès auraient certainement pu être évités. Toutefois, elle sait qu'elle rencontrera bientôt sa collègue morlaisienne, les deux femmes pourront enfin s'expliquer en face à face, et peut-être même se réconcilier.

Nouvelle hésitation avant d'aller rejoindre la table pour un excellent déjeuner. Doit-elle prévenir Laurence de ce qu'elle a ressenti juste avant que le projectile l'atteigne ? S'il n'avait pas été propulsé par la fenêtre par Joe-Alderic Coeuru, Janbrisson avait prévu de se suicider en se tirant une balle dans la tête. Mais le jardinier n'était pas comptable, il n'avait pas bien calculé son coup. Un chargeur de Luger contient huit munitions, quatre ont été consommées par Erwan Le Kork dans sa première série de tirs, deux ont été utilisées pour abattre l'homme à tout faire. Si on y ajoute les deux tirées le samedi soir contre Nathalie et elle-même, le magasin était vide. Mais cette information ne pourra pas servir à la lieutenante, et les perceptions d'une diseuse de bonne aventure n'ont rien à faire dans un rapport de gendarmerie !

Une dernière hésitation assaille Chantelle. Elle a menti par omission à ses compères. Doit-elle lui avouer que la prophétie énoncée par Gwenarc'h un demi-siècle plus tôt n'a pas été répétée dans son entièreté ? Le *sorcer* a bien indiqué à Joe-Alderic qu'il allait tuer un homme, mais il a complété par « juste avant de mourir… » Pur hasard ?

FIN

125, Vieille Route de Rosporden - 29000 Quimper
E-mail : contact@editionsalainbargain.fr
Site Internet : www.editionsalainbargain.fr

Dépôt légal n°9 - 2e trimestre 2023
ISBN 978-2-35550-854-7 - ISSN 1281-7813
N° d'impression : 304585
Imprimé en France